ネコ耳隊長と副隊長

Nana Matsuyuki
松雪奈々

CHARADE BUNKO

Illustration

鷹丘モトナリ

CONTENTS

1

近衛《このえ》第二中隊副隊長イェリク・サグレアンは今朝《けさ》もご機嫌で職務にいそしんでいた。

近衛第二中隊は新人兵の教育部隊であり、新人兵約百名を指導隊員十一名で扱《しご》いていく。いまは演習場にて武装障害走について説明していた。

「障害は全部で十四。武装した状態ですべてを走破してもらう。まず、これを登る」

目の前には二メートルの囲壁《いへき》がある。煉瓦《れんが》でできた垂直の壁で、足掛かりとなるのは煉瓦のあいだにあるわずかな隙間のみ。

イェリクはひとつに束ねた銀髪を揺らして壁を見あげた。

「手本を見せる」

そう言って青い隊服の上にマスケット銃を背負った格好のまま助走をつけ、ほぼ腕の力だけで壁を登った。おおっとどよめきが起こる。

壁を降りて元の位置へ戻ったとき、新人兵のひとりが挙手した。

「あの！　隊長の手本も拝見したいのですが！」

副隊長の手本じゃ不満か、とは思わない。むしろ、よくぞ勇気をだして言ってくれたと褒めてやりたい。イェリクは斜め後ろを振り返った。

そこに立つのは金髪をオールバックにした、冷血そうな細身の美形。隊長のマティアス・オーグレーンだ。王宮屈指の名門オーグレーン侯爵家の出自であり、気品高く常に余裕ある冷静な態度、頭脳明晰《めいせき》にして身体能力は近衛連隊随一、そのうえ白馬に乗った王子様を具現化したような女子受け抜群の端麗な容姿ながら、男の色気とサド気質を併せ持つという唯一無二の男である。王の覚えもめでたく、国軍、近衛兵、貴族令嬢の人気投票では抱かれたい男ナンバーワンの座に三年連続君臨し続けている。ただし侯爵家の出身とはいえ嫡子ではなく次男のため結婚したい男には選ばれていない。けっきょくどんな人物だかよくわからないというか詰め込みすぎだろうそのキャラと突っ込みたいが、事実なのだから致し方ない。

つまりは完璧、完全無欠の男なのだ。

彼はすこしだけ眉をひそめ、発言した新人兵に灰色の瞳をむけた。切れ長の綺麗《きれい》な瞳がナイフのように鋭い光を放つ。

「ほう……」

目があうと、新人兵はびくりと震え、緊張した面持ちであげたままの手を震わせている。

「いい度胸だ……いいでしょう」

マティアスは抑揚のない声で言うと、腕を組んだままゆっくり歩きだし、囲壁の前に立った。新人兵も指導隊員も、その場にいる全員が固唾《かたず》を呑《の》んで見守るなか、彼は軽く助走すると、体重を感じさせない身軽さで跳躍し、易々《やすやす》と囲壁を飛び越えた。

イェリクの手本とはまったく違う。華麗で無駄のない動き。

囲壁登りは当然、身長が高いほうが有利だ。身長百九十センチのイェリクでさえ登るのは至難の業なのに、マティアスの身長は百七十センチ。隊員のなかではかなり小柄で細身な体型であるにもかかわらず、あの力はいったいどこから出るのか。

彼が地に降り立つと、どよめきのほかに拍手が沸き起こった。イェリクも力いっぱい手を叩《たた》く。

さすが近衛連隊最強の男！　最高に格好いいです隊長！　惚《ほ》れ惚《ぼ》れしちゃいます！

声にはださないけれど、心のなかで盛大に賛辞を送る。

マティアスが乱れた髪を直しながら息も乱さず戻ってくる。その彼が、なにかに気づいたように遠くへ目をむけた。

その視線の先を目で追うと、新人兵がひとり、血相を変えて走ってくるのが見えた。

新人兵はイェリクとマティアスの前に来ると、蒼白《そうはく》の面持ちで直立敬礼した。

「も、も、申しわけありません！　遅くなりました！」

朝から欠席していた者だ。マティアスがけだるげに訊《き》いた。

「どうした。遅れた理由を報告してください」

「いえ、その、それが」

鋭い瞳に静かに見つめられ、新人兵が恐怖でがくがく震えながら告白する。

「ね、寝坊をしまして」

適当な言いわけでもでっちあげればいいものを、無垢《むく》な新人兵はバカ正直だ。

「寝坊」

マティアスの呟《つぶや》きが冷たく辺りに響いた。

「たしかきみは、寝坊で遅刻するのは二度目でしたね」

「は、はい」

マティアスの口角がうっすらとあがり、冷ややかな笑みが美貌に広がる。

「初めてですよ……私をここまでコケにした新人は……」

新人兵がひいっとすくみあがった。その場の空気が凍りつく。

イェリクは間髪いれず叫んだ。

「五人組、前に出て並べ！」

兵士は五人一組で班を作っており、罰を受けるときも連帯責任で一緒に受けなければならない。四人の新人兵が出てきて、遅刻した者の横に並んだ。

マティアスは銃剣を腰に差していた。マスケット銃の先端に短剣をとりつけてあるもの

だ。彼はそれを手にすると、遅刻兵の額に先端を突きつけた。

「さて。選ばせてあげましょう。鞭《むち》打ち、蠟燭《ろうそく》、三角木馬。どれがいい」

すこし刺さったようで、兵士の額から血が滲《にじ》みだしている。イェリクはとっさに声を呑み込む。

ああ、隊長っ。やりすぎです！　ドSすぎます！　でもそこがいいですっ！　似合いすぎて、見ているだけで鼻血が出そうです！

新人兵はなにも言えず、恐怖で半べそ状態だ。脚は震えがとまらない。

マティアスは嘆息して額から銃剣を離した。

「選べないか。きみの寝坊ごときに時間をとれないんですがね。では武装障害走を一周追加、それから減給としておきます」

なんだかんだ言って無益な体罰はしない。しかし与えた罰はなかなかシビアだ。

「いいですか。今後職務についたとき、きみが寝坊をしたせいで警備に隙ができて、王が危険な目にあったらどうするんです。たかが寝坊では済まされない。きみの気の緩みが、王や仲間を危険にあわせるんです」

マティアスは新人兵に静かに諭すとイェリクに視線を配り、さっさと囲壁の先へ進んだ。

イェリクは立ちすくんでいる新人兵に近づき、その肩を叩いた。

「さあ、行くぞ。いい記録をだして挽回《ばんかい》しような」

明るく言って、マティアスのあとを追う。

武装障害走とはつまり武装した状態で障害走をするわけなのだが、囲壁の次は射撃場にて射撃をする。ここではマティアスが率先して手本を見せた。射撃は他の追随を許さない、国で一番の腕前である。的を狙《ねら》う横顔の美しさ、眼光の鋭さ、いっそ自分が的になってあのまなざしに射抜かれたいとイェリクは本気で思う。マゾっけなど本来持ちあわせていないのだが、彼にならばなにをされてもいいと思うほど心酔している。

マティアスは皆が見守るなか、的のど真ん中、一ミリの狂いもなく命中させてみせた。

ブラボーです隊長ぉぉっ！　素敵すぎます！　鼻血がとまりませぇぇんっ！

イェリクは興奮のあまり噴きだした鼻血を拭いつつ、心のなかで拍手喝采した。

毎日マティアスのそばにいられて、彼のドSっぷりや卓越した身体能力を堪能できる。こんな幸せなことはない。第二中隊に配属されて本当によかったと思う。

マティアスとの出会いは六年前、イェリクが十八歳で近衛連隊に入隊したときだ。マティアスは二十三歳、隊長に就任したばかりだった。当時から彼はサド気質で、隊員の誰も太刀《たち》打ちできないずば抜けた技術をもって隊のトップに君臨し、隊員たちの崇拝の対象となっていた。

イェリクも当然憧れ、一年間の教育期間を彼の元で過ごした。その後は王宮内及び王都の警察部隊である第三中隊に配属された。

イェリクは伯爵家嫡子であるためコネが利く。とはいえ上が詰まっていたら昇格や配置換えは簡単にはいかない。毎年憧れの第二中隊へ異動の希望をだしていたのだが、ようやく去年から移れた。それも副隊長。マティアスの補佐ができる地位だ。

そんなわけで毎日幸せでたまらない。第二中隊が教育するのは近衛兵だけでなく国軍兵も含まれる。なのでマティアスファンは近衛連隊内だけでなく軍にも多く、イェリクの立場は嫉妬と羨望の的でもある。

立場上さらなる昇進も可能だが、そんなことに興味はない。一生マティアスのそばに居続け、彼の信頼を勝ち得ることができたらこれ以上幸せなことはない。

そう。彼の信頼を得たい。仲良くなりたい。

一緒に働くようになって一年近く経《た》つが、まだ、さほど信頼されている感じはしない。というか、一年前からまったく距離が縮まっていない気がする。いや、むしろ警戒されている感じすらある。なぜだろう。心の叫びがどこかから漏れていて、気持ち悪がられているのだろうか。

誰にでもおなじように冷たい笑顔で対応して一定の距離をとっているマティアスだが、幼なじみの王太子や、おない歳《どし》で入隊時からずっと一緒だというホーカン隊員などには気を許した表情を見せるのを知っている。自分もいつか、そうなれたらいいと思うのだが。

先は遠そうだ。

「イエリク。手本はもういいだろう。はじめてくれ」

彼の言葉遣いは新人兵には丁寧だが、指導隊員には遠慮がない。

イエリクは新人兵たちをスタート地点に並ばせ、武装障害走を開始した。

指導隊員たちは難関地点に待機し、指導をする。イエリクとマティアスはスタート及びゴール地点に立ち、タイムを計る。タイムを計っているあいだ、マティアスはただ立っているだけではない。ひそかに片足立ちをしてみたり、重りを装着してみたりと人知れず身体《からだ》を鍛えている。新人兵の頃は、彼がそんなことをしながら指導していたとは知らなかった。常にトップに居続けられるのは人一倍努力しているからだったと知り、尊敬の念は日毎《ひごと》に深まるばかりだ。

「私もちょっと身体を動かしたい。あとは任せる」

新人兵たちの様子をある程度見届けると、途中で新人兵と一緒になって走りだしてしまった。

その走る後ろ姿さえも格好よくて色っぽい。さすが抱かれたい男ナンバーワン。

そんな称号を持つ彼だが、浮いた噂《うわさ》は聞いたことがなかった。恋人はいるのだろうか。訊いてみたいけれど怖くて訊けないし、いないわけはないとも思う。

だが、どうだろう。

貴族の次男三男、つまり嫡子以外の男は爵位を相続できないため、貴族令嬢の結婚対象から外れる。階級の異なる女性との結婚もあり得ない。だから生涯独身者は意外と多い。侯爵家次男であるマティアスも例外でなく、彼の縁談話など耳にしたことはない。

結婚する気はないかもしれない。だがあれだけモテるのだから恋人はいるだろう。

恋愛の話など噂にも聞いたことがないから、彼の好みすらわからないが、相手は女性だろうか。それとも。

男も、イケる口だろうか。

もしイケるとしたら、彼のことだから、きっと抱かれるよりは抱くほうだろう。

自分は男に興味はないが、マティアスだったら——。

もし彼が自分を抱きたいというのだったら、抱かれてもいいかもしれないと思う。まさか彼が抱かれてくれるはずはないし。

もちろん彼が自分のようなでかくてかわいくもない男を抱きたいわけがないと思っているが。

職務中というのにそんなけしからんことを考えていたら、予想よりもずっと早くマティアスが戻ってきた。慌ててタイムをチェックする。基準到達タイムは一周四十分なのだが、彼は二十五分で戻ってきた。驚異的な記録である。

さすがに息を乱し、頬を上気させている。静かに佇《たたず》んでいるときの数倍色気が増していて、つい、目を離せず、食い入るように見てしまう。

汗ばんだらしく、彼はイェリクのほうへ歩いてきながら隊服を脱ぎだした。

「暑い……」

隊服だけでなく、なかに着ていたブラウスまで脱ぎだし、上半身裸になった。白くきめの細かい肌に淡い色の乳首が目に入り、イェリクはうろたえた。

隊長、よこしまな崇拝者の前で、そんなに無防備に服を脱いだりしないでください！目の毒です！　自分、なにをしでかすかわかりません！

と、そのとき。

「あ」

脱いだ隊服が足に絡まり、マティアスがよろけた。とっさにイェリクは手を伸ばし、横から抱きとめた。

どくりと心臓が大きく鼓動する。

無駄なく筋肉のついたしなやかな身体。見た目以上に細い腰。そして手のひらに当たるこの感触は、乳首。

あの憧れ続けた人がいま、自分の腕のなかにいる。その肌に、じかにふれている。しかも愛らしくもなまめかしい乳首までさわれて――！

認識したら、身体がいっきに興奮し、めまいを覚えた。

ああ神様、ラッキースケベをありがとう！

できることならこのままきつく抱きしめてしまいたい。その肌に唇を押しつけてしまいたい。そんなことをしたら光の速さで地面に叩き伏せられ足蹴にされること確実だが、それでもかまわないというかどうぞ足蹴にしてください！

「すまない」

理性のねじが飛びかけていたが、それより早くマティアスがイェリクを押しのけるようにして自力で立った。

「いえ」

イェリクはなにげないふうを装ったつもりだったが、マティアスに怪訝《けげん》な顔で見あげられた。

「イェリク。鼻血が出ている」

「はっ」

慌てて鼻をハンカチで拭う。

「きみはよく鼻血をだしているな。どこか悪いのか」

「いいえそういうわけではっ！」

身体はいたって健康だ。あなたに興奮しすぎているだけなんですとは、まさか言えない。

「すこしすわって休んでいなさい」

「いえ、だいじょうぶです」

病弱な役立たずと思われたくない。そんな評価を下されたらそばにいられなくなるし、じっさい問題ないので首を振った。すると見あげてくる灰色のまなざしに剣呑《けんのん》な光が宿った。

「休めと言っている……」

静かだが、凄《すご》みのある声。拒むことなど到底できない絶対的な威圧感に、イェリクは息を吞んだ。

「は、はい！　では失礼します！」

慌てて敬礼し、その場にすわり込む。

ああ……。

怖かった……。

マティアスは囲壁の下で脱落している新人兵に檄《げき》を飛ばしに行った。それを眺めつつ、イェリクは切なくため息を漏らす。

信頼してほしいし、対等の立場で支えあう関係になれたらいいと夢見ているが、いまの自分の力量では到底及ばないと知らしめられた気がして落ち込む。

男は強い男に憧れる。元々は自分もそういう純粋な気持ちからそばにいたいと願った。しかしその願いが叶《かな》うと、もっと仲良くなりたい、信頼されたいと願うようになり。望みは際限なく溢《あふ》れてきて足りることを知らない。

いまではその肌にふれたいとまで思っているのだから、救いようがない。

マティアスのそばにいられて幸せだ。だが現状の自分はその他大勢のひとりでしかなく、歯がゆくもどかしい。もっと実力をつけ、認められる存在になりたい。

そのためにはまず。

「――鼻血を抑えなきゃな……」

すぐに興奮して鼻血を噴きだす癖を直さないと。いいかげん、彼の色気に慣れないといけない。

あの壮絶なまでの色気に慣れる日が来るとは思えないけれど。

対等になるのは無理でも、せめてすこしでも彼を支えられる男になりたい。

そんなことをつらつらと思い、もういちどため息をついた。

2

近衛連隊の演習場や関連施設は王宮の敷地の北側にあり、兵士の食堂もその別棟にある。

昼食の時刻になり、マティアスは部下を連れて食堂へむかった。

食事の乗ったトレーを運んで、指導隊員専用の窓際の席へすわると、友人であり部下でもあるホーカンがとなりにすわり、イェリクがむかいの席にすわった。中庭のむこうには王宮正殿が見える。兵士たちの生みだす喧騒《けんそう》のなか、バロック調の美しい建物を眺めながら食事をとるこのひとときが、マティアスにとって至福の時間だ。

今日の献立はオレガノクリームソースをかけたローストチキンにマッシュポテト、オマールエビのビスクとパン。

焼きたてのローストチキンはオレガノの香りが食欲をそそる。皮がパリッと焼かれ、口に入れると肉汁が溢れた。塩加減がちょうどよく、うまい。オマールエビのビスクはエビの味が濃厚で、これまた絶品だった。

うまいなあとひたすら味わっていると、ふと、目の前の男前の視線が自分に注がれていることに気づいた。

顔をあげると、青い瞳と視線がぶつかった。

イェリクの青い瞳はいつも穏やかで、彼の性格通り、凪《な》いだ海を連想させる。しかしふとした拍子に、やけどしそうなほどの妙な熱を感じさせる。

いまがそうだ。瞳の奥に、青い炎が揺らめいているように見える。

赤よりも高温の、青い炎。

彼のこの瞳が、どうにも苦手だと思う。

静かなときは特別なんとも思わないのだが、こうして熱く揺らめいているときには、なぜか息切れ動悸《どうき》がしてきて目を離せなくなる。

立場上、多くの新人兵たちから憧れや畏怖の視線を浴びているが、彼のまなざしは、それらとはちょっと異なる気がする。

なんと表現すべきかよくわからないが、異常な熱、というか……。

「なんだ」

「あ、いえ」

なにか用かと尋ねると、すぐに視線を外された。マティアスはひそかにほっと息をつく。

この男の視線に搦《から》めとられると、自分からうまく視線を外せなくなるのだ。いまのところはいつも彼が目をそらせてくれるから問題ないのだが、もしそうでなかったら、自分はどうなってしまうだろうかと妙な不安に駆られることがある。

イェリクのことが嫌いなわけではない。むしろ温厚で気が利く、いい青年だと思う。新人兵への指導も論理的かつ的確で、自分のように暴力を振るうことなどけっしてない、優秀な人材だ。

自分が行きすぎた行為をしたら、かならず新人兵をフォローしてくれる。この男に副隊長として来てもらって、本当によかったと思っている。

まだ新人兵だった頃の彼も、よく覚えている。

めずらしい銀髪に褐色の肌、無駄にイケメンな容姿が目を引いたし、当時から彼のまなざしの熱さは異常だったから。身体能力は人並み以上ではあったが特別視するほどでもなかった。しかし新人とは思えぬほど冷静な判断力があり、仲間とも調和して穏やかに事を進めることができる男だった。

第三へ配置されたあとも、第二へ異動の希望をだしていることは知っていた。副隊長の席が空き、真っ先に頭に浮かんだのは彼の面影で、自分は彼を引っ張ってくることになんの迷いもなく即決した。

その判断が正しかったと、この一年一緒に働いて実感している。

ただ、視線の異常な熱さに戸惑っているだけで……。

「しかし隊長。今日もいいものを見せてもらったよ」

となりにすわるホーカンに話しかけられ、そちらに顔をむける。

「なんのことだ」

「鞭か木馬かと新人に迫っていただろう。隊長はああいうのが本当に似合う」

マティアスは眉をひそめた。

「やめてくれ。やりたくてやっているわけじゃないことは知っているだろう。元々ホーカンたちが私にやらせたんじゃないか」

隊長に就任したのはまだ二十三のときだった。若い隊長が新人に舐《な》められないようにと、当時の副隊長や指導隊員たちが知恵を絞り、あのサド隊長キャラが生まれたのだ。そして周囲の助言があるからこそ隊長への絶対服従的空気感が生まれ、新人兵たちも従ってくれているのだ。

けっして好きでやっていることではない。

文句を言うと、ホーカンがぶははと笑った。

「ノリノリで新人の頭を踏みつけている奴がよく言うぜ」

「そんなことはない。私はね、ああいうのはそろそろやめようと思っているんだ。恐怖や暴力で部下を縛りつけるのは時代にそぐわないだろう。それに私も来年には三十。隊長職にも馴染《なじ》んで、ああいうことをする必要もなくなったと思わないか」

「いいや。もう隊長は第二中隊の名物なんだ。いまさらやめられないって。いまじゃ、みんながあれを求めているんだ」

「サド上官を求めるなんて、それが本当だったら世も末だな」

マティアスはイェリクに目をむけた。

「きみはどう思う」

イェリクはパンを食べようとしていた手をとめ、マティアスの目をまっすぐに見つめた。

「そうですね……。俺は、いまの隊長はカリスマ性があっていいと思いますけど、でも隊長のおっしゃることももっともですし。新人たちの様子を見ながら、すこし穏やかな態度に変更してみるのもありかと」

「つまらん模範解答だな」

ホーカンが茶々を入れたが、マティアスはイェリクの回答を評価した。

自分が求めているのは盲目的な信者の支持でもなければ悪友の悪ノリでもなく、職務としての冷静な意見だ。

イェリクは普段は無駄口を叩かず控えめだが、バランス感覚があり、自分の意見を言うべきときはしっかり言える。

その彼も賛同してくれているのだから、やはり、サドキャラは徐々に控えていこうと思う。

でも、とイェリクがためらいがちに続けた。

「でもあれって、演技だったんですか」

ホーカンがにやにや笑う。

「演技には見えないよな」

「失礼な。演技に決まっているじゃないか。素でやっているわけがない。新人をいたぶってなにが楽しいのか。私の本性はまじめな小心者だ」

「小心者があんな堂々と木馬だなんだと言えるかって」

ホーカンと話しながら、イエリクのまなざしが気になった。そして、その発言も。

イエリクも、自分のサドキャラが演技ではなく本気でやっていると思っていたのか。

そう思われるようにやっていたのだから当たり前なのだが、この男にもそんな人間だと思われていたと思うと、ちょっとショックな気がした。

「イエリク。まさかと思うが、頭脳明晰だの抱かれたい男だの、そういうのも信じていないだろうな」

「信じてますけど」

イエリクが真顔で答える。マティアスは顔をしかめた。

「巷《ちまた》に流れている私の噂は新人兵募集用に作りだされた虚像だ。そんなわけがないと、見ていればわかるだろう」

「この一年見ていて、事実なのだとわかりましたが」

イェリクは相変わらず真顔だ。ホーカンがにやにやする。

「モテないとは言わんが、一番ってのは言いすぎだろうよ。頭脳明晰ってのもなあ」

「ホーカン、完全に同意するがきみに言われたくないな」

自分に貴族令嬢からの人気がさほどあるとは思えない。あの人気投票は、総隊長や軍の上層部が操作しているに違いない。そもそも、抱かれたい男の人気投票を男ばかりの兵士が投票することにどんな意味があるのか。

自分などよりもイェリクのほうがよほど抱かれたい男の呼称にふさわしいと思う。男の自分から見ても、彼は顔も身体も格好いい。新人兵の頃と比べて最近はめっきり精悍《せいかん》になり、男の色気が増したとも思う。

イェリクが自分を尊敬してくれていることはその態度から伝わってくる。しかし彼が尊敬しているのは虚像の自分なのだと思うと複雑な気分だった。

もうすこし彼が自分をどう思っているのか訊きたかったが、話題がそれて、それきりになった。

午後の仕事を終えたあと、私服のブラウスとベストに着替えるとマティアスは走って自宅へむかった。

オーグレーン侯爵家は王宮の目と鼻の先だ。王宮のとなりには公爵家の屋敷があり、そのとなりに位置する。とはいえ王宮も公爵家も途方もなく広大な敷地であり、司法局に勤める父や兄は移動に馬車を使っている。武官である自分は出仕のために馬車や馬は使わないことにしている。

王宮内には近衛連隊の宿舎もあるが、遠方から仕官している者が利用している。まれに、自分のように近所に屋敷があっても利用している者もいる。嫡子でないと実家にいても肩身が狭く、宿舎のほうが気楽でいいという者だ。自分の場合は次男だが実家に居辛《いづら》いと感じたことはない。

黙々と、走る。

身体が資本の仕事だが、ただやみくもに身体を鍛えてはいない。自分の長所は小柄で身軽な身体。無駄な筋肉をつけてしまったら身体が重くなり、瞬発力が落ちる。

部下たちの喧伝《けんでん》により、近衛連隊最強などと言われているが、じっさいはそんなことはないと自分自身が一番よくわかっている。

銃撃は得意だ。身軽な身体ゆえ、瞬発力と素早さもある。だが持久力はない。力もない。すべてを手に入れることは不可能なので、長所を伸ばすことだけに特化した訓練をしている。

現王は賢明な主君で、他国との関係もここ三十年は落ち着いているし国内も平和だ。近衛連隊に入隊以来、内乱や戦争の経験はない。それでもストイックに身体を鍛えるのはもしものときに備えているだけでなく、単純に趣味なのだと思う。

軍事オタクで鍛錬オタク。基本的にオタク気質であり、ハマると異常にのめり込む。逆に興味ないことにはとことん無関心だ。

恋愛などは無関心の最たるもので、女性に心が動いたことはない。性欲は自己処理で充分だ。二十歳《はたち》の頃、ホーカンに誘われて気まぐれに娼館《しょうかん》へ行ったことがあるが、場の空気に白けて、娼婦に身体をさわられても反応しなかった。

モテないわけじゃない。女性から誘われることはたまにある。だが興味がないし面倒としか思えない。もちろん男としたいとも思わない。

そういうわけで来年は三十になるのにいまだ童貞だ。このままいくと妖精になれるのかもしれないが、それもいいかもしれないと思う。妖精になって魔法が使えたら、もっと強くなれそうじゃないか。

強くなりたい。隊をうまくまとめたい。自分の関心事はそれだけだ。

強くなりたいことに理由はない。男ならば、強さに憧れるのは本能のようなものだ。

王宮の東門を出ると大きな川がある。国でもっとも古い跳ね橋、リンドグー橋を渡ると公爵家の長い外塀沿いにメタセコイアの並木が続く。夕暮れのなか、濃い緑を視界に入れながら走り続けることしばし、やがてオーグレーン侯爵家の敷地が見えてくる。門をくぐると庭師が「待ってますよ」と笑顔でささやいてきたので、玄関扉の前でいったん立ちどまる。

深呼吸をひとつ。いきおいよく扉を開けた。

とたん、上方から白猫がしゃあっと飛びかかってきた。

頭に乗られる前に両手でその身体を捕らえる。同時に一歩踏み込もうとして、足元に縄が張っていることに気づき、あえてその縄を踏んでやる。すると頭上からバケツが降ってきた。想定済みなので難なくよける。バケツのなかには小麦粉らしき粉が仕込んであり、床に落ちると白い粉が辺りに飛び散った。たぶん煙幕のようにもうもうと舞うと考えたのだろうが、粒子の大きな粉だったので視界を奪うほどではない。

「スキありいっ」

幼い声と共におもちゃの剣を振りあげた子供が突進してきた。それをかわして背後から片腕をまわして抱きあげる。

「シュキありいっ」

もうひとり、最初よりもちいさな子供が駆け寄ってきたので猫を手放し、そちらも抱きあげた。

兄の息子たち、六歳のオーケと三歳のアーネである。

「残念ながら私に隙はないんだ」

笑みを漏らしながら宣言すると、オーケが悔しそうに手足をじたばたさせた。

「くそお。また、たおせなかった……っ」

オーケはマティアスが強いという噂を知り、このところ毎日倒そうと仕掛けてくる。子供なりの創意工夫がおもしろく、日毎に仕掛けが高度になっていて、こちらも楽しみにしている節がある。

「バケツの中身を水から粉に変えたのは評価しよう。よく考えたものだ」

褒めてやりながらふたりを床に降ろすと、弟のアーネが無邪気に腕を引っ張ってきた。

「マティ、あそぼ」

「いいとも。なにをしようか」

穏やかにそう言ったときメイドがやってきて、床に広がった粉を見て悲鳴をあげた。

「まずい。ふたりとも、撤退だ。逃げるぞ」

マティアスが身をひるがえして庭へ走ると、ふたりも、

「てったいだーっ」

「にげろー」

と笑いながらあとを追いかけてくる。

子供と遊ぶのは嫌いではない。きゃあきゃあ騒ぐふたりと完全に陽《ひ》が沈むまで遊び、泥だらけになって屋敷に入ると兄嫁が申しわけなさそうに出迎えてくれた。

「まったくふたりとも、マティアスは仕事で疲れているのよ。ごめんなさいねマティアス、いつも遊んでもらって」

「かまいませんよ。さあふたりとも、今度は水中での戦い方を教えてあげよう。ついてきなさい」

「はいっ、たいちょーっ」

ふたりを連れて浴室で湯を浴び、身を清めてから父や兄家族と夕食をとる。母は他界して久しい。

夕食後は自室へ行き、眠るだけ。毎日単調だが幸せな日々だと思う。恋人などいなくても、好きな仕事をし、周囲から実力以上に評価され、家族と楽しく過ごしている。充分に満たされた生活だ。これ以上求めるものなどなにもない。そう思っていた。


翌朝、いつものように家を出てしばらく走ると、いやに猫の姿が目についた。餌《えさ》が多そうな下町ならわかるが、貴族の居住区でめずらしい。猫たちの集会でもあったのだろうか。

そんなことを思いながら走っていると、カラスに追われている黒猫が前方に見えた。しっぽがやけに太い猫だ。老齢のようで足取りがおぼつかない。よく見ると、口に魚を咥《くわ》えていた。カラスに追われている理由はあれか。

マティアスは石を拾い、カラスにむかって投げた。

自然界の戦いなのに、一方に肩入れするのはどうかとも思うが、マティアスの家にも猫がいるのでどうしても猫びいきになる。

投擲《とうてき》はさほど得意でもないのだが見事命中し、カラスは逃げていった。

マティアスが走りだしても猫は逃げず、まるで待っているようにその場にとどまっていた。引き寄せられるようにそばまで行くと、ガラス玉のような黄色い瞳が見あげてくる。

「よかったな。早く食べるんだぞ」

声をかけると、黒猫は魚を地面に置き、足元へすり寄ってきた。どうしたんだろう。餌を置いて見ず知らずの人間に甘えてくるなんて。

上から見下ろすと、黒猫のしっぽはただ太いわけではなかった。なんと、二本生えている。それが遠目に太く見えていただけだったらしい。

「おまえ……」

なんだ。この猫。

思わずしゃがみ込むと、黒猫は突然横跳びし、マティアスの左太腿《ふともも》に嚙《か》みついた。

野良猫相手に手をだしたりしていないし、まさか攻撃されるとは思っていなかった。

腕に嚙みつかれそうになったなら払いのけることもできるが、しゃがんだ太腿を嚙まれるとは。完全に油断していた。

「っ……」

牙はズボンを貫通し、皮膚に食い込んでいた。

黒猫は素早く離れると行儀よくすわり、マティアスの顔を見あげた。そして、喋《しゃべ》った。

「ありがとうねえ。助かったわ」

猫が、喋った。

いやしかし、そんなはずはない。そばに誰かいるだろうかと振り返ってみるが、周囲には誰もいない。

「いやあね。あたしよ、喋ってるのは」

やはり、声が聞こえてくるのは猫からだった。

マティアスは驚きのあまり言葉をなくした。顎が外れたように口が開く。

「いま噛んだのは、ほんのお礼よ」

「……。猫が、なぜ、喋る……」

幻聴だろうか。それとも夢でも見ているのだろうか。呆然《ぼうぜん》としているマティアスの前で、黒猫が胸をそらす。

「舐めてもらっちゃあ困るわ。あたしは妖猫よ。この二本のしっぽを見たでしょう。人の言葉ぐらい喋れるのよ」

黒猫の二本のしっぽが旗を振るように揺れる。

「それでね、お礼の話よ。あなた、見たところいい男だけど、問題を抱えているでしょう。その問題、あたしが解決してあげたわ」

「問題って」

「匂いでわかるわ。あなた、童貞でしょう」

「……」

「いまあたしが嚙んだことで、あなたに雌猫《めすねこ》のフェロモンが注入されたわ。それも発情期の雌猫よ。とびきり極上のね。まもなく発動するはずよ。そうしたらあなた、モテモテよ」

自分はいったいどうして猫と会話しているのだろう。しかもなんの話をしているのか。

「あと、ちょっとしたかわいい仕掛けもおまけにつけておいたから。じゃあね。楽しみにしてらっしゃい」

それだけ言うと、黒猫は魚を咥えて走り去ってしまった。

「あ、待て――」

追いかけるつもりで立ちあがろうとしたとき、嚙まれた左の太腿に痛みが走った。と同時にめまいに襲われた。

額を押さえ、めまいをやり過ごすうちに猫の行方《ゆくえ》は見失った。太腿の痛みは歩けないほどではないし、めまいはすぐに収まった。だが次に、身体に妙な異変を覚えた。

尻の辺りと耳の辺りが、もぞもぞするような……。

「うん？」

耳に手をやると、あるべきところに耳がなかった。

「え」

代わりに、やや上のほうに慣れない感触があった。短い毛に覆われた突起物。これは――。

「猫の……耳……?」

また、ズボンの上から尻をさわる。すると、やはり慣れないふくらみがあった。

これはもしや……しっぽ、だろうか……。

そんなばかな。

マティアスは急いで踵《きびす》を返し、屋敷へ戻った。

誰にも会わないようにこっそり自室へ入り、鏡を見てみる。するとやはり、頭には白い猫の耳。ズボンを下ろして尻を見ると、白いしっぽが生えていた。

「……嘘《うそ》……」

誰か嘘だと言ってくれ。

夢か幻覚であってくれ。

「どうして……」

信じられないが、力を入れると自在に動く。

信じたくないが、どうも夢ではないらしい。

これは先ほどの妖猫のしわざだろうか。フェロモンがどうとか言っていたが、外見の変化についてはなにも言っていなかった。けれどもあの猫以外、理由は見当たらない。

そういえば、ちょっとしたかわいいおまけをつけたと猫は言っていた。まさか、この耳としっぽがそのことか。

助けた猫に、こんな目にあわされるなんて。

こんな姿に変えられて、これから先、どうすればいいのか。どうやって生きていけばいいのか。

さらに猫は、なんだかわからないが妙なことを言っていた。

発情期の雌猫のフェロモンだとか。

まだなにか、変化があるのだろうか。

なにが起きるのだろうかと不安に思っていると、まもなく次の異変が起きた。

じわじわと、下腹部が熱くなってきた。この感じは覚えがある。性欲が溜《た》まってきたときの、あれだ。

こんな朝から。それも急に。

戸惑っているあいだに性欲は恐るべきいきおいで肥大化し、我慢できないほどになっていた。

マティアスは不安を覚えつつも、切羽詰まった欲望を吐きだすために兆した中心に手を添え、刺激を加えた。

「……っ」

いつもの要領で快感を引きだし、吐精する。普段はいちど達《い》けば当分する必要はない。それなのにいまは、いちどでは全然足りない。達ったばかりだというのに熱は引かず、さらなる刺激を求めている。そしてすぐに耐えきれないほどになった。

もういちど握る手に力を込めた。しかし、その気になれなかった。欲望は強いままなのに。

自分の手では物足りないと思った。

もっと、もっと。ほかの誰か。誰でもいいから他者と交わりたい。他者の肌を感じたいと強く思った。

真っ先に思い浮かんだのは娼館。しかしそれも違うと思えた。

前への刺激は、もういいと感じていた。

ほしいのは、後ろだった。

「なんで……?」

信じられないことだが、前ではなく、後ろが快楽を求めているのだ。

こんなこと、あり得なかった。これまでの自分の人生で、後ろに刺激を求めたことなんて、ただのいちどもない。男としたことなどなければ、後ろを自分で刺激したことだってないのに。

これが雌猫のフェロモンとかいうものかもしれない。

マティアスは頭を抱えてその場にしゃがみ込んだ。

近衛連隊で最強と呼ばれている自分に猫耳としっぽが生え、性欲を制御できなくなるなんて。なぜこんな目に。

敵の急襲だとか賊の侵入だとか、あらゆる非常事態を想定し、それに対処する訓練を日夜続けている自分だが、こんなことは想定したこともなかった。

「嘘だろう嘘だろう嘘だろう」

やっぱりこれはきっと夢なんだと現実逃避を図りにかかってみた。耳やしっぽは目を瞑《つぶ》れば忘れられそうだ。が、だめだった。

抑えきれない欲求はとても無視できるものではなかった。衣服がすこし擦《こす》れるだけでも異常なほど感じて、後ろがじんじんする。

ものすごく、セックスしたい。

誰でもいいからどうにかしてほしい。

聖人もひれ伏すほど性欲が乏しかった自分が、まさかそんなことを思う日が来るとは。

「ふざけるなよ。あの猫」

猫を呪っている場合じゃない。すぐにでも捕まえて元に戻せと言いたいが、猫の行方は見失ったし、それよりも泉のように湧き出てくる性欲をどうにかしないことには落ち着いて考えることもできない。

どうしたらいい。いや、することはひとつしかないと、すでに答えは見えているのだが……。

このまま部屋でじっとしていても、欲望はふくらむばかりでおかしくなりそうだ。

ためらっている場合ではない。

とにかくすぐにも動きださないと、これはきっとまずいことになる。

伊達《だて》に長年近衛隊員をしていない。猛烈な特訓や事故で死にかけたことはけっこうある。その経験上、これはかなりヤバい部類だと直感的にわかる。

「……しかたがない」

とりあえずしっぽはズボンのなかにしまえば隠せる。猫耳は帽子で隠すしかないか。

マティアスは兵士だ。こうと判断したら速やかに行動に移す癖が染みついている。泣きたくなりながらも気持ちを切り替えて立ちあがり、まずは帽子を見繕うためにクローゼットへむかった。

3

その日、遅刻ではないがいつもよりすこし遅れて指導隊員の更衣室へ来たマティアスを見て、イェリクは驚いた。

今日の彼は隊員用の冬用耳当てつき帽子をかぶっていた。そしていつもは後ろに撫《な》でつけている前髪を下ろしていた。

これを見てどうして興奮せずにいられようか。

めちゃくちゃかわいいです、隊長っ！　前髪を下ろしているとすこし幼い感じで鼻血が出そうです！　隊長は俺をどうしたいんですか！　いやべつに俺のためにやってくれているわけじゃないでしょうけれども！

イェリクは内心の興奮を隠し、穏やかに話しかけてみる。

「今日は、帽子なんですね。髪型も変えられて。そういうのもいいですね」

マティアスは無言で頷《うなず》くとイェリクの横に立ち、自分のロッカーを開けた。着ていたベストを脱ぎ、隊服に着替える。

更衣室内はふたりきりだった。ほかの指導隊員は全員すでに着替え終え、演習場に出ている。イェリクはたまたま筆記用具を忘れて戻ってきたところだった。

誰もいない室内にふたりきり。

すぐ横で無防備に着替えるマティアス。

じろじろ見るのは失礼だと思うので顔をそむけたいのだが、彼の着替えを見たい欲求に理性が打ち勝つことができない。

ああ、すみません隊長、失礼ながらがっつり見てます……！

隊長、すぐ横に野獣がいることに気づいてください！　自分、自制できる自信がなくなってきました……！

興奮し、むらむらする気持ちをどうにか抑え込もうと戦いつつ横目で彼を見ていると、ふと、様子がおかしいことに気づいた。

すこし呼吸が荒く、動作がたどたどしい。常に姿勢のよい彼にしては、やや猫背気味のような気もする。頬が赤く、潤んだ瞳はどこか遠くを見ているようで、焦点が定まっていないようにも見える。

熱でもあるのだろうか。

先ほどまでのよこしまな気持ちとは違い、心配しつつ様子を見ているうちにマティアスは着替えを終え、ロッカーの扉を閉めた。帽子はかぶったままだ。

きた。


「隊長、帽子、かぶっていますよ」

　暑さが和らぎ過ごしやすい季節になってきたが、冬用帽子はまだ早いし、帽子をかぶったまま訓練に出るとは思えない。脱ぎ忘れたのだろうと思って指摘したら、彼が見あげてきた。

「これは、ちょっと事情があって……」

　いつものナイフのように鋭い眼光はなく、潤んだまなざし。頬が上気し、どことなく隙のある、色気のある表情。じっと見つめられて、イェリクはどきどきした。彼の灰色の瞳はふしぎな色合いで、見つめられると引き込まれそうになる。

　彼はなにか言いたそうに桜色の唇を開き、熱っぽい吐息を漏らした。

「イェリク……」

「はい」

「……。いや……」

　なにか言いかけて、やめる。しかし潤んだまなざしでこちらの顔を見つめ続けている。

　これはやはり、おかしい。

「隊長。もしかして、具合が悪いのでは」

「具合、というか……」

　彼が目をそらし、一歩前へ出ようとした。そのとき足がふらついたようで、彼の身体が傾いた。とっさに支えようと腕を伸ばし、抱きしめる。するとその拍子に彼の帽子が脱げ、床に落ちた。

「……え」

帽子のなかから現れたのは、金髪から生えている白い猫耳。イェリクは我が目を疑った。

「これって……?」

マティアスはしまった、という顔をして手で猫耳を隠そうとしたが、すぐに諦めたように手を下ろした。

近衛連隊最強の男の猫耳姿。そのミスマッチさは悩殺的なかわいさだが、いろいろと気になる点がある。

本当に生えているように見えるが、どうやってついているのだろう。カチューシャだろうか。しかしどうして猫耳のカチューシャなどをしているのか。そういうものを喜んでつける男ではないはずなのに。

「それは、なにかの罰ゲームですか?」

だから様子がおかしかったのだろうか。

「そうだったらよかったんだけどな」

それにしても精巧な作りだ。とても偽物には見えない。本物そのものだ。

猫耳はピンと立っていて、生きた猫そのままの体温を感じられる。見ていると、ぴくりと動いた。

「うん？」

まさかと思うが、本当に生えているのか？

「いま、動いたように見えたんですが……」

マティアスが苦々しげな顔をする。

「動くんだ。なにしろ、本当に生えてるから」

「はい？」

彼が耳の辺りの髪をあげてみせた。するとそこには、本来あるはずの人の耳がなかった。

それから猫耳の生え際も見せてくれた。

しっかり、生えている。

「今朝、生えたんだ」

「突然生えるものなんですか」

驚いていると、さらなる衝撃に見舞われた。マティアスの両腕が、自分の背にまわされたのだ。彼のほうからしっかりと身体を密着させ、胸に頬をすり寄せてくる。

「た……隊長？」

「いい匂い……」

「え？　ええっ、あの？」

いい匂いって、自分の身体が？

いい匂いがするのはむしろ隊長のほうですけどと言いたいのだが。花の蜜のように甘くて、嗅いでいると頭がくらくらするような香りがする。

いったいどうなっているのか。

異常な事態が起きているらしいと認識しているのに、マティアスに抱きつかれていると思うと身体が勝手に熱くなる。

「もう、限界……」

「あの？」

「イェリク、きみ、恋人はいるか」

「え、いいえ。いませんが」

彼はイェリクの胸に顔を埋《うず》めたまま、ためらいがちに言った。

「ちょっと、折り入ってきみに相談がある。外にいる隊員に、指導をはじめているように言ってきてくれるか。そしてまたここへ戻ってきてほしいんだ」

「はい。しかし」

命令を受けたらすぐにも行動に移すべきだが、抱きつかれているので動けない。

「ああ、失礼」

マティアスはどこか名残《なごり》惜しそうに身体を離した。そして帽子を拾ってかぶり、壁際にある椅子にぐったりと腰掛ける。かなり具合が悪そうだ。

イェリクは外へ出て指導隊員へ伝言すると、急いで引き返した。

指導の心配をしている場合ではなく、すぐに医者に診せるべきなのではないだろうか。しかしあの耳、医者に診せたところでどうにかなるものなのか。

猫耳と具合が悪そうなのは関係あるのだろうか。あれほど具合が悪そうなのに出仕したなんて。相談とはいったいなんだろう。自分にできることがあるだろうか。

あれこれ思いめぐらせながら更衣室へ戻ると、マティアスが待ちかねたように立ちあがり、おぼつかない足取りで歩きはじめた。

「隊長、どちらへ」

イェリクは慌ててそばへ駆け寄り、支えるつもりで腰へ腕をまわした。マティアスがイェリクの肩を摑《つか》み、それを支えに歩く。

「ここでは話せないので、仮眠室に行こう」

ここから仮眠室までは百メートルほど。いまのマティアスに歩けるとは思えなかった。

「隊長、もしよろしければ、俺が抱えていきましょうか」

マティアスは眉間を寄せて一瞬だけ迷うような間を置いたあと、首を振った。

「いや。それだと理性がなくなって説明できなくなりそうだから——走る」

マティアスはイェリクの腕を摑み、引っ張るようにして駆けだした。

あれほどよろよろしていたのに、どうして急に走れるのか。具合が悪いのではなかったのだろうかと戸惑っているうちに仮眠室へ連れていかれた。

第二中隊は当直がないが他部隊はあるため、仮眠室は多い。大部屋のほかに個室が十部屋あり、そのうちのひとつに入室する。ベッドが置いてあるだけの狭い部屋だ。マティアスは扉に鍵をかけるとイェリクをベッドに押し倒し、その上に馬乗りになった。

「え、うわ?」

「た、隊長っ?」

「相談というのは、私の身体のことなんだ」

馬乗りになったまままそう切りだした彼の話は、にわかには信じがたいものだった。

カラスに追われる猫を助けたら、その猫が妖猫だったのだという。

「それで助けたお礼にと、こんな身体にされたわけだ」

「お礼に、猫耳……?」

信じられないが、本当に生えているので信じるよりなかった。

「それだけでなく、発情期の雌猫のフェロモンなどというものを体内に仕込まれてしまったようでね」

マティアスは困ったように眉根を寄せ、ため息をつく。その表情はひどく色っぽく、イェリクは無意識に生唾を呑み込んだ。

「フェロモン、ですか」

「そう。それで、だな。身体が異常に発情するようになってしまって……」

「……発情……？」

「それで、自分でしても収まらなくて……」

彼は言いにくそうに、小声で続けた。

「こんなことをきみに頼むのはどうかと思う。だが……きみは副隊長だし、隊長である私を助けてほしいんだ」

「助けるとは……つまり……？」

もういちど、生唾をごくりと呑み込んで見あげた。

マティアスが恥ずかしそうに目をそらせた。

「つまり、私を、抱いてほしいんだ」

な、なんですと……？

なにを頼まれているのか、にわかには理解できなかった。語られている内容が衝撃的すぎて頭が追いつかない。

「……俺が、隊長を、抱く？　俺が抱かれる側じゃなくて……？」

「誰かを抱くので済むのであれば、なにもきみに頼まない。娼館にでも行く。だが、そうじゃないので」

言わんとする意味を考える。

自分にこんな相談をするぐらいだから、恋人はいないのだろう。

そして娼館では無理で、男の自分に抱いてほしいということは――後ろへの挿入を求めているということだろうか。

第三中隊所属時代、娼館街には同性を相手にする場所もあるらしいと噂に聞いたことがあるが、一般に知れ渡っていることではないためマティアスは知らないのかもしれない。

「きみ、男を抱いた経験は」

「いいえ」

「抱きたいと思ったことは？」

「ありません」

「そうだよな……」

マティアスが絶望したようにため息をつく。

「普通に考えたら、無理だよな……でも」

困りきった様子で呟きながら、彼が瞳を潤ませる。猫耳も彼の感情を示すように伏せられている。

「無理を言っていることは重々承知している。私を抱くなんて嫌だと思うが、頼みます」

無理とは思わない。嫌でもない。でも、唐突すぎて混乱が収まらない。

これは現実の出来事なのだろうか。自分の願望が見せている夢か、それともなにかの罠《わな》か。

「もしかして俺、試されてます？」

「なにを」

「素直に従ったら鞭打ちみたいな」

「私をなんだと思ってるんだ」

マティアスがうっすらと眦《まなじり》に涙を溜めて、苛立《いらだ》ったように睨《にら》んできた。泣きそうなのに怒った顔が、壮絶に色っぽい。

プライドの高い彼が泣きそうになりながら自分に頼むのだ。冗談なわけがない。嘘でも夢でもなく、これは現実なのだ。

「切羽詰まってるんだ。本当に困ってるんだ。もし無理なら、すぐに出ていって、代わりに誰でもいいので呼んできてくれ」

そこまで言われて、スイッチが入った。戸惑いの気持ちが掻《か》き消える。

男を抱く趣味などない。でもマティアスならば抱かれてもいいと思っていた。

抱かれてもいいと思ったのは、抱かれてくれるはずがないと思ったからだ。

憧れの存在と関係を持てるならば、どっちだっていい。

彼を抱くなんて、恐れ多くて想像したこともなかった。だが――。

マティアスを抱ける。いまから彼を抱くことを想像したら、それはずっと自分が望んでいたことだったのだと明確に自覚した。

急激に身体が興奮し、熱くなる。

「わかりました。ではいまからここで、抱いていいんですね」

「ああ」

マティアスが帽子をとり、上着を脱いだ。もどかしそうにブーツを脱ぎ、ズボンと下着をまとめて脱いで床に投げる。すると彼の背後に長いものがちらついて見えた。短い毛に覆われた、うねうね動くもの。

「……しっぽ？」

猫耳だけでなくしっぽも生えたのか。

「ああ、そうなんだ」

マティアスは興味なさそうに答え、ブラウス一枚だけの格好になるとイェリクの太腿に跨《またが》り、ベルトに手を伸ばした。

ズボンと下着を下ろされ、下腹部が露《あら》わになる。己の中心はすでに硬く勃《た》ちあがっている。まださわられてもいないのに、がっつきすぎだろうと思う。だが憧れの人が自分の上に跨っていて、太腿が密着している。そのぬくもりや柔らかさを布越しに感じ、しかもこれから抱きあえるというこの状況では当然だとも思う。

ブラウスから覗《のぞ》く彼の中心も腹につくほどそり返っていて、その煽情的《せんじようてき》な姿を目にしたらますます身体が昂《たかぶ》った。

マティアスが、イェリクの屹立《きつりつ》したものを見て、緊張した面持ちでごくりと唾を呑み込んだ。恐る恐るといったふうに手を伸ばし、指先でそっと摑む。そして腰をあげて膝すこし前に進み、尻の位置を調整したかと思うと、腰を下ろした。

いきなり挿入しようとしているのを見て、イェリクは慌ててその腰を手でとめた。

「いや、隊長。いくらなんでもそれは無理ですって」

灰色の瞳がふしぎそうに見つめてくる。

「なぜ」

「後ろ、ほぐしてないですよね？　そのままじゃ、入らないんじゃないですか」

「ほぐす……？　そうか……しかし、どうやって……」

男との経験はないが、やり方ぐらいは知っている。十代の生娘ではないのだ。男なら当然の知識だと思っていたのだが、どうやら彼は知らないらしい。

「もしかして隊長も、男との経験はないんですね……？」

「あるわけないだろう」

誘うぐらいだから多少経験があるのかと思っていたが、ないと言う。やみくもに自分などに助けを求めるぐらいなのだから、それもそうか。それにしても、ほぐすことすら知らないなんて。

まじか、と思いつつ、上体を起こした。

「ちょっと待っていてください。すぐ戻ります」

イエリクはズボンをあげて更衣室へむかった。

なにか使えるものはなかったか。考えながら自分のロッカーを開けると、手荒れ用の軟《なん》膏《こう》があった。その小瓶を手にして仮眠室へ戻ると、マティアスが膝を抱えて待っていた。耳を伏せ、しっぽを身体に巻きつけている。

普段の彼からは想像もつかない、そんな所在なさげな様子で自分を待っていたのかと思うと鼻血が出そうだ。いまにも飛びかかって襲ってしまいたいが、ぐっと堪《こら》えてブーツを脱ぎ、自分もベッドにあがると、小瓶のふたを開けた。

「どう使うんだ」

マティアスが手を差しだしてきた。自分でする気のようだ。

しかしイエリクは渡さず、自分の指で軟膏をすくった。

「俺にやらせてください」

「でもきみも、男との経験はないんだろう」

「そうですけど、多少知識はありますし、たぶん、俺がやったほうが隊長の身体への負担がすくないかと」

「わかった。ではどうしたらいい」

これから色っぽいことをしようとしているというのに、なんだか仕事じみた会話だ。

恥ずかしさや興奮、緊張を隠そうとして、互いにそうなってしまっているようだ。

心臓がどくどくと速く強く打ちはじめていて苦しい。

「どうしましょうね……じゃあ、横むきに寝て、膝を抱えてもらえますか」

マティアスは素直に横たわり、丸くなった。イェリクはその背後にまわり、尻のあいだのすぼまりへ指を這《は》わせた。

とたん、彼の身体に力が入る。

「息を吐いて。力、抜いていてください」

マティアスが息を吐く。それにあわせて、指を一本なかへ挿入した。恐ろしく狭くて柔らかく、温かい。

彼の横顔を窺《うかが》いながら、ゆっくりと指を抜き差ししてみる。

「……っ……」

マティアスはきつく目を瞑り、刺激に耐えていた。

たしか、前のほうを擦るといいらしいと聞いたことがある。それを意識して、指の腹で押すように擦る。前の、どの辺がいいのか。なんども抜き差しして探っていると、彼の下肢がびくりと震える瞬間があった。

奥のほうだ。ここか、と狙いを定めてもういちど擦る。

「あ……っ」

すると明らかな嬌声《きょうせい》があがった。

彼は驚いたように目を開け、しかしすぐに声をあげてしまったことを恥じるように頬を染め、ギュッと目を瞑った。

いま刺激したところが、彼の感じる部分であることは明らかだった。入り口が緩んでひくつき、中もうごめいている。しっぽもぷるぷると震えている。

指を二本に増やし、その部分を重点的に刺激する。

「ここ、感じますか」

「っ……、訊、かないで、くれ……っ」

余裕がなさそうな、うわずった声。息を乱しながら、切れ切れに喋る姿が色っぽく、腰にくる。

自分の指で感じてくれている。その事実に夢中になる。早く、ここに自身を埋めたい。その思いで頭がいっぱいになった。

己の鼓動の音がいっそう大きくなり、頭に響く。

すぐにも先に進みたい衝動を焼き切れそうな理性でどうにか抑え、入り口が緩んできたのを確認して、三本目の指を入れる。

「あ……、ふ……」

彼の手が膝から離れ、快感を堪えるようにシーツを掴んだ。そして顔をシーツに埋めた。声を抑えようとしているのか。しかし乱れた息遣いと、くぐもったかすかな喘《あえ》ぎ声が漏れ聞こえて、逆に煽《あお》られているような気がした。

こちらも呼吸が荒くなる。なんども生唾を呑み込んだ。

もう、いいだろうか。

入り口はだいぶ緩んだと思うが、経験がないので判断がつかない。もしかしたらまだ早いかもしれない。だが、これ以上待てそうにない。

「そろそろ、挿《い》れますね」

彼の背中にかけた声は、興奮しきってかすれた声になった。

「……早く……っ」

予想外にねだられて、完全に理性が焼き切れた。

指を引き抜き、彼の腰を持ちあげる。上体はうつ伏せて腰だけを高くあげた格好にさせ、緩んで濡《ぬ》れた入り口に猛《たけ》りの先端をあてがった。

興奮で頭がのぼせ、湯気が出ていそうだ。

彼は、男との経験はないと言っていた。つまり、自分がこの人の初めての男になれるのだ。

そう思うと激しい想《おも》いが湧き起こり、わけがわからないほど興奮しながら彼のなかへ先端を押し込んだ。

「……ぅ……」

先端の張りだした部分が入るとき、入り口がめいっぱい広がり、彼がちいさく呻《うめ》いた。

「だいじょうぶ、ですか」

「ん……」

互いに慣れない行為である。傷つけることのないよう、ゆっくり慎重に、腰を進めていく。ぬぷっと音を立てて先端が呑み込まれたところで、いったん腰をとめる。彼の入り口に自分の茎が中途半端に嵌《は》め込まれている。そんないやらしい光景をまざまざと見たら、目が爆発しそうだった。

様子を見ながら、また腰を進める。とても柔らかく湿り気があり、温かい粘膜に包まれて、腰が蕩《とろ》けそうだった。

すべてを収めると、馴染むまでしばらく待った。

「……動きますね」

「ん」

彼の様子を見ながらすこしだけ腰を引く。そしてまた、ゆっくりと埋め込む。

恐ろしく、気持ちがよかった。

熱い息を吐き、理性が飛ばぬように歯を食いしばる。

「痛くないですか」

「ん……」

「痛くても、気持ちよくても、教えてくださいね」

彼の感じる場所を意識しながら、それを何度か繰り返すと、その動きにあわせるように彼の腰もしなやかに動きだし、堪えきれないように嬌声が漏れだした。

「……っ、ぁ……、ん……っ」

彼の背がなまめかしくそり、ブラウスは肩甲骨の辺りまで捲《めく》れあがっている。その肌はうっすらとピンクに染まっており、しっとりと汗ばんでいるようだった。

彼もちゃんと感じてくれている。それを知ると、ますます身体が興奮し、抑えられなくなる。徐々に抜き差しが激しくなっていくのをとめられない。

繋《つな》がっている場所から生まれた快感が身体中を駆けめぐり、暴れだす。それはうねるように下腹部へと戻ってきてずっしりと蓄積していった。

興奮しすぎて呼吸が苦しくなる。ハッハッと獣のように荒い息遣いで抜き差しを繰り返した。心臓が痛いほど身体が疾走している。

かつて女を抱いたこともあるが、これほど興奮したことはなかったし、これほど快感を覚えたこともなかった。

いま、自分は憧れの人を抱いている。夢みたいだと思いながら、夢中で腰を打ち振るった。

「あ、ぁ……もう……っ」

マティアスが切羽詰まった声をあげた。

絶頂が近いのか。自身の中心を握っている。自分もまもなく達きそうだった。

速度をあげて、強く腰を打ちつける。すると、彼の身体が小刻みに震え、粘膜がうごめいた。

「――っ」

マティアスが絶頂を迎え、吐精する。なかの淫靡《いんび》な動きに誘われるように、自分も熱を放った。

夢中になりすぎて、思わず彼のなかで達ってしまった。どくどくと奥に注ぐと、彼がちいさく声を漏らして身体を震わせた。

「すみません……なかに、だしてしまって……」

「ん……ぁ」

背後から彼の顔を覗き込むと、眉根を寄せ、目を瞑り、すこし唇を開いていた。赤い頬には涙の伝った跡もある。ひどく色っぽくもかわいらしい、達った直後の無防備な表情。

こんな顔は、ほかの誰にも見せたくないと思い、胸が熱くなった。

どうにも気持ちを抑えきれなくなり、その身体を抱きしめた。

こみ上げてくる感情の持って行き場に困り、いまならば許されるだろうかと思いながら背中に唇を押しつける。

「ちょっと……重い」

声をかけられて我に返った。ぐったりと弛緩《しかん》した身体から楔《くさび》を引き抜き、手早くズボンのベルトを締めると、彼の身体の汚れをシーツで拭った。

「だいじょうぶですか」

「ん……」

彼がけだるげに身を起こす。

「……どうにか、収まった感じだ」

彼は深々と息をつくと、身支度を整えた。

「ありがとうイェリク。助かった」

「いえ……」

「さて。では仕事に行こうか」

そう言ってベッドから降り立った彼は、冬用帽子をかぶっていること以外は、いつもの彼に戻っていた。無駄のない足取りで、後ろを振り返ることもなく仮眠室を出ていった。

つかの間の夢が終わり、現実に引き戻されたようだった。

そういえば、と鼻の下にふれてみたが、鼻血は出ていなかった。あれほど興奮したのに。夢みたいに非現実的すぎて、逆に出なかったようだ。

4

自慰をしても性欲がまったく収まらなかったのに、イェリクに抱かれたら、信じられないくらい気持ちがよくて、いちど達ったらこれまた信じられないほどすっきりと性欲が収まった。あの耐えきれない性欲はなんだったのかと思うほど。

セックスをしたのは初めてのことだった。

あんな感じなのか、と終わったあとも顔を赤くしてなんども思い返してしまう。切羽詰まって必死な己を隠す余裕もなくすべてさらけだし、それを相手に見られるという、これ以上なく恥ずかしい行為だった。尻の穴まで見られ、体面も名誉もない。しかし、その羞恥を凌駕《りょうが》するほどの快楽だった。

猫のフェロモンのせいであれほどの快感を得られたのか、はたまた男同士でのセックスが自分にあっていたからなのか、因果関係はわからない。

もしかしたら両方なのかもしれない。

男に抱かれるなど、これまで考えたこともなかった。しかしじっさいにしてみたら、さほど嫌悪感はなかった。

屈辱だとか、男のプライドが傷ついた、などという感情も湧かなかった。イェリクが、リードしつつも遠慮しながらしてくれたから、奉仕してもらっているという気持ちが強かったせいかもしれない。

ただ、終わったあとは彼をまともに見られなかった。あんな痴態をさらしたと思うとさすがに恥ずかしい。

仕事に戻ったあと、帽子をかぶっている自分をみんながふしぎそうに見たが、イェリクが、具合が悪くて悪寒がするらしいからかぶるように勧めたのだ、などと頼んでもいないのにフォローをしてくれて助かった。

初めて男を受け入れた直後だったから腰に違和感が残っていて、動きがぎこちなくなってしまったのだが、その辺も彼が助けてくれた。

よく気がつく、できた部下だ。

そんなこんなでどうにか仕事を終えた帰路、マティアスは妖猫を探した。

妖猫と出会ったのは貴族の居住区。その周辺から繁華街のほうまで、夜遅くまで歩いてまわったが、けっきょく見つからなかった。

性欲は収まったが、今後もまだ続くのか。猫耳はいつまで生えているのか、わからないことだらけだ。まさか一生このままだったりしたら恐ろしすぎる。

すぐにも元に戻してほしいのに、いったいどこにいるのか。

深夜に帰宅した翌朝、顔をあわせるなり甥《おい》たちから心配と文句の声をかけられた。

「マティ、きのうはどうしたの」

「まってたのに。くらくなってもかえってこないから、しんぱいしたよ」

「すまなかった。二股しっぽの黒猫を探していてね」

「ふたまた？」

「そう。しっぽが二本ある猫がいるんだ。見つけたら捕まえてほしいんだ」

甥だけでなく家の者にも依頼し、出仕した。

今日も冬用の耳当てつき帽子を着用している。春夏用の帽子もあるのだが、それだと本来あるべきはずのところに耳がないことがばれてしまうのだ。

帽子をかぶろうがかぶるまいが、どちらにしろ奇異なものを見る目で見られるならば、かぶっておいたほうが無難だろう。脱げないように深くかぶり、走りだす。

妖猫はいないだろうかと周囲を見まわしながら進み、王宮前のリンドグー橋の手前まで来たとき、身体に異変を覚えた。

なんとなく、下腹部に熱を感じる。

いや、気のせいだ。

そう、なにも感じない。感じているはずがない。昨日抱かれてすっきりしたばかりじゃないか。

　自分をごまかしながら王宮内へ入り、近衛連隊詰所の更衣室へむかう。手早く隊服に着替えて演習場へ出ると、イェリクがすわってストレッチをしていた。

　大勢のなかにいても目を引く男だ。銀髪と褐色の肌、力強く男前な横顔。身長は高いが大柄という印象はない。武人らしく引き締まり、バランスのとれたしっかりした身体つきをしている。

　その姿を見たら、昨日の情事が瞬時に脳裏によみがえり、身体が熱くなった。

　いったいどんな顔をすればいいのやらと内心困ったが、意識していつも通りの顔を作り、彼の元へ歩いていった。そばにはホーカンもいる。

「おはよう、イェリク。ホーカン」

　声をかけると、イェリクが見あげてきた。その顔が見る間に赤くなる。

「お、はよう、ございます……っ」

　ぎくしゃくと立ちあがり、敬礼する。彼も昨日のことを思いだしたのだろう。明らかに動揺した態度。自分もうろたえたし無理もないと思うが、周りに不審に思われるから、普段通りにしてほしいものだが。

「隊長、また帽子をかぶっているのか」

　ホーカンがふしぎそうに首を傾《かし》げた。

「ああ。いけないか?」

「いけなくはないが、どうしたんだ。まだ具合が悪いのか」

「いや。じつはな、禿《は》げたんだ。それを隠すためにかぶっている」

調子が悪いという言いわけはいつまでも使えるものではないと思い、澄ました顔で告げると、ホーカンがおもしろそうに目を見開いた。その横にいるイェリクはぎょっとした顔をしている。

「なんだって。見せてみろよ」

ホーカンが一歩近づく。

「嫌だ。見せたくないからかぶっているんじゃないか」

にやにやしながら近づいてきたホーカンが、ふと、真顔になってマティアスを見た。そのままじっと見つめ、固まったように動かなくなった。

いったいどうしたのか。猫耳は隠れているはずだが。猫の髭《ひげ》でも生えてきただろうか。

「ホーカン?」

小首を傾げて名を呼ぶと、彼の顔がいっきに真っ赤に染まった。そしてうろたえたように口元を覆う。

「隊長、あんた、なんだか……」

「なんだ?」

「いや……なんでもない……けど……」

そう言いながら、マティアスを凝視する目は離さない。そのふたりのあいだに、イェリクがやや不自然に割って入った。

「隊長、点呼をしてよろしいですか」

「ん、ああ。はじめてくれ」

イェリクに促されて、マティアスは新人兵たちのほうへ歩いていった。ホーカンは我に返ったように首を振り、自分の頬を軽く叩いてあとについてきた。それから指導がはじまる。

今日の午前中も武装障害走だ。ウォーミングアップのあと、班ごとに訓練をはじめる。

その様子を見はじめてまもなく、いよいよ下腹部の熱が我慢しきれなくなってきた。

もう、自分をごまかすことはできない。性欲がひどくて、したくてしたくてたまらない。

またか。またなのか。

昨日とおなじだ。となりに立つイェリクの男らしい匂いがたまらなく魅力的に感じられて、いまにも抱きつきたい衝動に駆られている。

いったいどうなっているんだこの身体。勘弁してほしい。

妖猫はフェロモンでモテモテなんて言っていたけれど、モテるどころじゃなく、ただ単に性欲が異常に増しているだけじゃないか。

困った。昨日も今日も、どうして朝なんだ。せめて仕事が終わるまで待てないのか。どうにかならないものかと関係ないことを考えてみたりその場で走りだしてみたりもしたが無駄だった。走ったりしたら、下着が擦れてよけい我慢が利かなくなった。

うろたえているうちにいよいよ限界が近づいてきて、手が下腹部へ伸び、前かがみになってしまう。身体が熱く、高熱をだしたときのように頭がぼんやりとし、身体がふらついてくる。

「隊長？」

マティアスが急に挙動不審になったのを見て、イェリクが不審そうに見下ろしてきた。

「あの……まさかと思いますが……今日も？」

また性欲を我慢できないなんて、知られるのは恥ずかしい。昨日抱かれたばかりだというのに。

しかし、この男には自分の秘密をすでに知られている。観念して頷いた。

「そうなんだ……またなんだ」

顔が赤くなるのをとめられない。

とたんにイェリクに腕をとられた。

「仮眠室、行きましょう」

「行きましょうって、きみ」

「俺でよければ、つきあいますから」

今日も抱いてくれるというのか。こちらはまだ覚悟できていないというのに。

まさか部下とこんなことになるとは。

仕事中にセックスなんて、仕事オタクの自分の信念からしたらあり得ない。新人兵が寝坊しただけでも罰を与えていた自分が、堂々と仕事をさぼってセックスするなんて。男を抱く趣味などないイェリクにも申しわけない。

しかし、こうして話しているあいだにも限界は近づいており、そのことしか考えられなくなっている。昨日のことを思うと、きっとすぐにっちもさっちもいかなくなるだろう。

「わかった。頼む」

するとなったら決断は早い。ほかの指導隊員にあとのことを頼み、ふたりで仮眠室へむかった。

昨日とおなじ部屋へ入り、扉の鍵を閉めるなりブラウス以外のすべての衣服を脱いでベッドへあがる。二度目とはいえやはりまだ恥ずかしい。緊張しているのを悟られたくなくてあえて粗雑に振る舞う。イェリクのほうを見たら、彼も上着を脱ぎ、ブーツを脱いでベッドへあがってきた。彼はこちらを見つめながらブラウスを脱ぎ、褐色の肌をさらした。

鍛えて引き締まった、いい身体をしている。彼の上半身は訓練中になんども見ている。見慣れている男の身体なのに、その胸にいまから抱かれるのだと思うと妙にどきどきした。

こういう雰囲気は慣れなくて緊張する。無意識にこぶしを握りしめ、相手を睨むように見つめてしまう。

こんなの、どうかと思う。

覚悟を決めたつもりだが、やっぱり土壇場になると気持ちに迷いが生じた。とはいえ性欲は切羽詰まっており、やめるとはとても言えない。

「隊長……」

青い瞳が熱く見つめてくる。やけに色っぽく、自分よりも興奮して見えるのは気のせいか。

彼の手が伸びてきて、着たままだったブラウスのボタンを外しはじめた。

「これは脱がなくても」

「脱ぎましょう。着たままだと、しわになりますから」

それはそうなのだが。恥ずかしいのですこしでも身体を隠したいのと、彼も男の身体など見たくないだろうと思って脱がずにいた。

脱がされるぐらいなら自分で脱いだほうが恥ずかしくないと思ったが、言いだすタイミングを逃し、けっきょく脱がしてもらった。

全裸になると、イェリクが熱っぽいまなざしで見下ろしてきた。ごくりと唾を呑み込む音。やはりなんだか、自分よりも彼のほうが欲情しているように見えるのだが……。

「あ。そういえば、軟膏がない」

イェリクがふと気づいたように言ってベッドから降りようとしたが、それより先にとめた。

「なくていい。要は濡らせばいいんだろう」

そう言って、自分の指を口に含んだ。

「要領はわかったから、自分でやる」

「できますか？」

心配そうな顔でベッドに腰を下ろすイェリクに頷いてみせる。

昨日イェリクに入り口をほぐしてもらい、恐ろしく気持ちよかったが、そのぶん恥ずかしさもひとしおだった。できることは自分で処理したい。

自分の指に唾液を絡めるように舐めていると、その顔を、熱っぽく見つめられた。

そんなにじっと見ないでほしいんだが……。ただでさえ恥ずかしいのに、よけい羞恥が増す。

見るなと言えればいいのだが、それを口にすると、恥ずかしいと思っていることを相手に教えることになり、それが恥ずかしいので言いにくい。

イェリクを前にして膝立ちになり、その肩に片手を置いて身体を支え、濡らした指を背後にまわして入り口にふれた。

息を吐き、指を入れる。

力の抜き方がわかったので、まあまあ楽に入った。しかし体勢が悪いのか、奥まで入らない。しばらく浅いところを抜き差しし、入り口が緩んできたものの、昨日のような快感は得られなかった。

難しいものだなと思いながら続けていると、イェリクの顔が胸に近づいてきて、乳首を舐められた。

反射的に身体がびくりと震えた。

驚いて、指の動きがとまる。

乳首を口に含まれ、優しく吸われたかと思うと舌先で嬲《なぶ》られ、そこから疼《うず》くような快感が生まれた。そのことにうろたえていると、彼の手が中心へと伸びてきて、やんわりと扱かれた。もう一方の手は腰から尻の辺りをいやらしく撫でさすり、それから上へと這いあがって乳首を弄《いじ》りだした。

「っ……、ちょ……っ」

昨日は、後ろ以外にはさほどさわられることがなかった。だから昨日の行為はただの性欲処理といった交わりだったのだが、こんなふうに身体を愛撫《あいぶ》されるのは、本格的にセックスをしているようで戸惑った。しかしそんな気持ちとは裏腹に、身体は彼の愛撫を喜び、積極的に快感を求めていた。

わされる。

片方の乳首は唇に吸われ、舌先で嬲られる。もう一方は指で摘《つ》まれ、揉《も》まれ、こねま

乳首で感じるなんて女のようで恥ずかしい。でもそれが気持ちよくて、つい声を漏らすと、愛撫がさらに淫らになる。相手に快感を伝えるように両乳首が硬く勃ちあがる。

「隊長の乳首、かわいい……。乳首、弄られるの好きですか……?」

煽るようにささやかれて、羞恥と興奮で身体が熱くなる。

「そ、んなこと……、言うな……っ」

息を乱しながら、ひとつに束ねた彼の髪を引っ張った。

イェリクがふっと笑う気配がした。

「後ろ、とまってますね。手伝います」

中心を擦っていた指が先走りをすくいとり、後ろへまわった。そして濡れた指が一本、なかに割り込んでくる。そこはすでに自分の指が入っている状態だ。それよりもさらに奥まで入ってくると、感じる場所を的確に擦りあげた。

「隊長、ここですよ」

びくびくっと身体が大きく震えた。

「ん、ぁ……っ」

彼はマティアスの手を握り、一緒に指を動かしはじめた。目の前がチカチカし、電流を流されたような快感に背中がのけぞる。

下肢が震え、思わず目の前の男にしがみつく。なかがねっとりと指に吸いつき、嬉々《きき》として迎え入れていることを自覚した。

やがてもう一本の指が入れられ、広げられる。

快感で腰が震える。しかし、まだか、と思う。

昨日の快感が思いだされ、我慢が利かない。指で刺激されるのも気持ちいいが、それよりもっと逞《たくま》しいものに貫かれたかった。

「もう、いいから」

もう待てない。早く先に進んでほしくて指を引き抜こうとしたが彼の手にとめられた。

「いや、まだ早いですよ」

「……っ」

早く、早くと身体は訴えているのに。

ここをきちんとほぐさないと身体を繋げることができないのだということは、昨日学んだ。イェリクがまだ早いと言うなら、早いのだろう。しかし、じらされているような気分で涙が滲む。

じっくりとほぐされ、ようやく指を引き抜かれた瞬間、マティアスはイェリクの身体を押し倒した。

そしてその上に跨り、彼の硬くなっている猛りを手にとる。

抱いてほしいと頼んでいる立場上、できることは自分でという思いから積極的に行動しているが、正直、とても緊張する。

深呼吸して彼の先端を入り口にあてがい、ゆっくりと腰を下ろした。

「ん……」

圧迫感がすごい。指よりずっと太くて長いものが入り口を大きく広げ、身体のなかに入ってくる。奥までみっちりと埋まり、尻が彼の下肢につく。

動いてはいなくても、それがそこに収まっているだけで、じんわりと快感が広がる。

一呼吸置き、身体がその大きさに馴染んだのを感じ、腰を上下に揺らしてみる。

「……ふ……っ」

快感がひどくゆっくりと満ちてくる。もっと強くたしかな快感が早くほしいのに、もどかしい。思ったようにいかない。彼の手を煩わせることなく自分でと思って上に乗ってみたのだが、これは上級者むけだったのだろうか。そう思っていたら、下から突きあげられた。

「ん、あ……っ！」

腰を摑まれ、立て続けに何度も突きあげられ、急転直下で尋常でない快感に見舞われる。

背がのけぞり、顎があがる。呼吸が乱れて口を閉じることができない。

「あ……っ、だめ、だ……っ、……っ」

「え、だめですか。よくないですか」

「ん……ぁ……っ」

だめじゃない。ものすごくよかった。自分でもなにを口走っているのかわからないほど気持ちよすぎておかしくなりそうだった。

「もっと、こう……？」

「っ……や、あ……っ、ぁ……っ」

浅いところを何度も抜き差しされたかと思うと、次にはなかをこねるようにまわされ、それから奥を強く突かれる。

こちらの気持ちよいやり方を探してくれているようだが、どうされても気持ちよすぎて、もうどうにでも好きにしてくれといった感じだった。

やがて激しい突きあげが続き、体勢を保っていられず彼の胸に手をついた。激しくされるのは嫌ではなかった。受け入れるのはまだ二度目だというのに、むしろ身体はそれを望んでいるようで、腰が甘く痺《しび》れた。

「ん、……っ、ぁ……っ」

「ちょっと、身体を入れ替えますね」

イェリクが上体を起こす。そして繋がったまま身体を押し倒された。

「ん、あ」

正常位になると、M字に膝を曲げさせられる。

「……っ、こんな……」

こんな恥ずかしい格好をさせられていると思うと羞恥で顔が赤くなる。目を開けていられない。ギュッと目を瞑り、恥ずかしさと快感に耐える。まもなくゆっくりと抽挿《ちゅうそう》が再開される。先ほどとはまた違う角度での抜き差しに、快感がほとばしり、身体中に伝播《でんぱ》する。

「ぁ……、い、い……っ」

すごくよくて、気づけば口走っていた。とたん、なかにいる彼の硬度が増した気がした。強く奥を突かれ、腰が蕩ける。

柔らかく潤んだ粘膜を、硬い雄で擦られる。それがこれほど気持ちいいものだとは知らなかった。

熱くてたまらない。激しく濃いセックスに身体が吠《ほ》えているような感覚。室内は冷えているのに身体は次第に汗ばみ、汗がしたたり落ちた。

「隊長……」

イェリクが興奮してかすれた声でささやきながら、上体をすこし前へ倒してきた。

かなり近い場所で、熱に浮かされたような青い瞳と目があった。

「見るな……っ」

とっさに両腕で顔を隠す。きっといまの自分は、頰を紅潮させ、唇を開き、いやらしい顔をしている。そんな顔を部下に見られたくなかった。

「どうして。もっと見たいです。隊長が感じてる顔……」

「……っ」

「見られるの、恥ずかしいですか?」

「……っ、わ、かってるなら……、言うな……っ、ぁ……」

腕のガードを緩めて睨みあげたら、ふっと微笑《ほほえ》まれた。

「かわい……」

「……っ」

「恥ずかしがってる隊長、すごくかわいいです……」

反射的に殴るように腕を振ったら、その手を摑まれ、指先を舐められた。

「っ!」

驚いて手を引っ込めると、彼が低く呻いた。

「いま、なかが締まって……、すごい……」

恥ずかしいから実況するなと言いたかったが、深いところを抉《えぐ》られた快感で言葉が出てこなかった。

彼のほうも快感が強まったようで、会話が途絶える。代わりに荒い呼吸と腰を打ち振るう音、いやらしい水音が室内に響く。

結合部は快感で甘く蕩け、ドロドロだった。

奥を突かれるたびに快感が身体中を駆けめぐり、下腹部に溜まる。次第にそれが蓄積し、解放したい欲求に支配される。

心臓が痛いほど激しく打ち、息が苦しい。もうすぐ極みが近づいてくる予感に全神経が集中した。恥ずかしい格好をしていることや、顔を見られる恥ずかしさなど、気にしている余裕はなかった。

「あ……ぁ、もう……っ」

己の中心を握り、自ら追い立てる。

こちらの限界を察したイェリクが抉るように深く貫いてきた。そしてふと思いついたように片手を伸ばし、しっぽの付け根に触れてきた。

「――っ」

瞬間、体内の熱が爆発して達った。

「俺も……っ」

イェリクがなかから猛りを引き抜き、外で熱を解放した。

シーツを汚し、互いに大きく息をつく。

気持ちよかった……。

イエリクは、昨日よりも遠慮がなく、余裕のある態度だったなとぼんやりと思う。

身体を解放されるなり、マティアスは起きあがった。

なんとなく、下腹部を見下ろす。

抱いてもらって欲望はずいぶん収まった。しかし、物足りない感じがする。しばらくは
これでだいじょうぶそうだが、すぐにまたしたくなりそうな気がする。

なぜだろう、と首を傾げて考えてみる。昨日はいちど抱いてもらったら、すっきりしたのに。

「どうしました」

「ん……すっきりはしたんだけれど……なんというか……」

イエリクがシーツで身体を拭いてくれながら、窺うようなまなざしで見つめてくる。

「もういちど、しますか」

「しますかって……。したいと言ったらつきあってくれるのか」

「はい」

イエリクは躊躇《ちゅうちょ》せず即答した。

この男は男を抱く趣味がないはずなのに、かわいくもない上官である自分相手によくも

即答できるなと感心する。

しかし若い男ならこんなものなのかもしれない、とも思う。発情期の猫と一緒で穴があれば突っ込みたいものだ。元々性欲の乏しい自分の基準で判断してはいけない。どちらかといえば娼婦の前でも勃たなかった自分のほうが異常な性質なのだ。

「では……いまはいいんだが、夕方、仕事を終えてからつきあってもらえるか」

「夕方ですか」

「ああ。昨日も今日も、我慢できなくなったのは朝なんだが、それだとこうして仕事に支障が出る。このサイクルを変えたい。それから」

マティアスはすこし言いよどみ、目をそらして続けた。

「次は……なかにだしてほしいんだ」

「え」

「どうも、その……なかにだされることで、フェロモンの分泌が落ち着くような気がする……定かじゃないが」

違う可能性は大きい。だが昨日と異なる点はなかにだされていないことだ。正直、昨日だされたときは、気持ちよくて驚いた。

イェリクがごくりと唾を呑み込んだ。

「わ、わかりました」

こんな恥ずかしい要求を口にする日が来るとは。

マティアスは恥ずかしさから、イェリクから顔をそむけたまままいそいそと服を着て、帽子をかぶった。

汚したシーツを洗濯籠《かご》へ入れ、連れだって外へ出て、なにくわぬ顔をして指導に加わる。

今日も武装障害走をさせていたのだったなと思いだす。

もう開始から三十分以上が経過しており、早い班はゴール目前まで来ていた。

ゴールのひとつ手前の種目はプランクだ。うつ伏せの状態で肘とつま先だけをつき、その姿勢をキープする。

それをしている新人兵のなかで、尻があがっている者が目に入ったので、その者の横に立ち、尻を踏みつけた。

「あがっています。もっと下げなさい」

「は、はい！」

足を下ろそうとしたら、いちど下がった尻がまたあがった。

「きみ。下げろと言っているんですが」

「も、もういちど踏んでください！」

「え？」

なにを言っているのだろうと思ったとき、となりの新人兵が叫んだ。

「隊長、お願いします！　自分も踏んでください！」

「次は自分も！」

「自分も！」

次々に声があがる。

マティアスはたじろいだ。隊長職について六年。新人兵のほうから踏んでくれと頼まれたことはかつてなかった。

「きみたち……？」

「自分ら、隊長に踏まれたいんですっ！」

なぜか、妙に興奮したまなざしで懇願される。

わけがわからないが、尻があがっている者をもういちど踏みつけると、喜びの声をあげられて怖気《おぞけ》が走った。

いったいなんなんだ。

そういえば、昨日もこれと似たようなことがあったような。

首を傾げながら次の種目の場所へむかうと、ホーカンがいた。そばに行くと、じっと見つめられた。なんだか目つきがおかしい。

「隊長……なんか、やっぱり……あんた、今日はおかしい。いや、昨日も妙に感じてはいたんだが……いや、それとも俺がおかしいのか」

「なにが」

「あんたを見てると、むらむらしてくるんだ。なんだかいい匂いがして、キスしたくなってたまらない」

そう言って顔を近づけてくる。マティアスはとっさに指を二本突きだして、目潰《めつぶ》しした。

「ぎゃっ」

「なにを考えている、ホーカン」

素早く離れ、ホーカンの様子を窺う。

強く突いたわけではないので目を傷つけてはいない。ホーカンはすぐに目を開き、我に返ったように首を振る。

「やっぱだめか」

「当たり前だろう」

おかしい。

ホーカンも長いつきあいだが、こんなことを言いだす男ではない。

「私の匂いが、いい匂いだと言ったな。なにか匂うか」

「ああ。昨日から、やたらいい匂いがする」

それか。

その匂いの正体は雌猫のフェロモンとやらかもしれない。

「あの、隊長！」

呼ばれたほうを見ると、新人兵が興奮した面持ちで立っていた。一昨日《おととい》、寝坊をした彼だ。

「自分、寝坊の罰を言い渡されましたが、やはり、罰を変えていただきたいんです！　どうか、隊長の鞭打ちでお願いします！」

マティアスは絶句した。

新しい宗教でもできただろうか。

妖猫はフェロモンでモテモテになると言っていたが、これ……モテモテなのか？

隊員たちのマゾっぷりに拍車がかかっているだけの気がするのだが……。

なんだか方向性が違う気がする。

そもそも雌猫のフェロモンならば雄猫にしか効果ないような気がするし、なぜ人間の男に妙な影響が出るのか謎だ。自分は男なのに雌のフェロモンでいったいなにをどうしたかったのだろう、あの妖猫。

「何回でもいいので、鞭打ちを！」

「まあ……わかった。考えておきましょう」

新人兵の熱意になんとなく身の危険を感じ、なだめるように言ってその場を離れた。

ゴール前に戻り、イェリクの元へ行く。となりに立ち、無言で見あげる。

「どうしました隊長」

見下ろしてくる顔はいつもと変わらない。凪いだ瞳。

黙って見続けていると、その瞳に困惑の色が滲んできた。

「隊長？」

抱きあっていたときは彼も興奮していたが、いまはそんな様子はない。たまに見せる熱いまなざしも、いまは見られない。いつも通りの彼だ。

「ホーカンに、いい匂いがすると言われたんだが、きみも感じるか？」

「はい。匂いますね。甘くていい匂いがします」

「そうか」

イェリクも匂いの変化を感じているという。しかしこの男は新人兵たちのようにマゾ化していない。ホーカンのようにキスを迫ったりもしてこない。

なにが違うのかよくわからないが、とりあえずいつもと変わらぬ男がいるというのは安心だ。

その後も隊員たちの異常な熱気にちょっと引きつつ仕事をこなし、仕事を終えたら仮眠室で再びイェリクに抱かれた。

さすがに仕事をこなした上に二度もセックスして心身ともに疲れた一日だったが、まだすることはある。昨日に引き続き、帰りながら妖猫を探した。しかし、見つけることはできなかった。代わりにほかの猫たちにやたらとすり寄られたり、すれ違った者に急に抱きつかれそうになったりした。

今後もこれが続くのかと思うと、かなり憂鬱な気分になった。


イェリクに夕方抱いてもらった翌朝は、性欲を感じることなく仕事に集中できた。しかし夕方になると再び異常な性欲に襲われて耐えきれなくなり、仕事を終えてから抱いてもらった。

やはり、一日いちどは抱かれて性欲を発散させないといけない身体になったらしい。なんてことになったかと思うが、イェリクが嫌な顔せずつきあってくれるのが不幸中の幸いか。夕方抱きあうように変えたおかげで、仕事に支障が出ることもなくなった。

そうして一週間が過ぎたその日。

王太子の誕生日の祝賀として、王宮で晩餐会《ばんさんかい》と舞踏会が催されることになっていた。

通常、王の周辺や王宮内の警護をしているのは第一中隊だが、催物があるときは第二中隊も駆りだされる。実地訓練も兼ねて、新人兵も配置する。

マティアスは新人兵ふたりと共に正殿中庭の警備を担当した。夕方からはじまる晩餐会のあと、続けて舞踏会が催され、深夜に及ぶ。けっこうな長丁場になるので、途中で交代して休憩を挟む予定だ。

はじまるのは夕方からだが警備は当然それより早く配置につく。

マティアスにとってそこで問題となるのは、フェロモンと性欲だ。

一緒にいる新人兵ふたりは自分のそばに近づくと腑抜《ふぬ》け、マゾ化する。離れて立てと言うのだが、こちらの隙を見てふたりはじわじわと近づいてくるのだ。

「きみたち、いいかげんにしてくれませんか」

「罰なら受けます！　喜んで！」

睨みつけると逆に喜ばれ、罰を望まれてしまうのだからどうしたらいいものか。

サドは控えようと思った矢先に逆に求められるようになってしまって戸惑うばかりだ。

しかたないので近づいてきたら銃剣を振りかざす、たまに剣が当たって新人兵が痛がりつつ喜ぶ、というわけのわからないまねを繰り返し、そうこうしているうちに陽が暮れてきて、性欲を自覚しはじめた。

困った。夕方にシフトチェンジしたのが今日はあだとなった。

時間が空いたときにイェリクに声をかけるつもりだったのだが、今日は朝から忙しく、時間がなかった。

彼もいま頃は新人兵を連れて警備に当たっているはずだ。たしか正門のほうだったか。

あの辺りは他隊も交じっているはずで、ちょっと抜けてくれとは言いにくい。もうすこし夜が更けてからなら誘えるだろうか。しかし、それまで耐えられるか。

イェリクではなく、たとえばすぐそばにいる新人兵に相手をしてもらうという考えは微《み》塵《じん》も湧かなかった。

がんばれ自分。早く時間が過ぎてくれ。

やがて晩餐会が終わったようで、中庭にも人のざわめきが届いた。晩餐会のみで帰る者、晩餐会には招待されなかったが舞踏会に出席する者など、人の入れ替えがあり、正門のほうは賑《にぎ》やかだろう。しばらくはとても頼める状況ではない。

そう思っていたのに、こちらにむかって走ってくる男の姿を目にして、驚いた。銀髪をひとつに束ねた、長身の男。

「イェリク」

マティアスの前まで来ると、彼は直立して告げた。

「隊長。ちょっと問題が起きまして」

「どうした」

「ここではちょっと。来ていただけますか」

新人兵の耳を気にするようにイェリクが声を落とす。

マティアスは新人兵ふたりに警備を続けるよう言い置いて、イェリクのあとを歩きだした。

中庭を離れ、正殿左翼の辺りまで来てから改めて尋ねる。

「なにがあった」

イェリクが足をとめ、振り返った。

「なにもないです。隊長の様子が心配で、嘘をつきました」

マティアスは目を見開いた。

イェリクが窺うように続ける。

「そろそろ、我慢できなくなる頃じゃないかと思いまして」

「配置場所はどうした」

「適当に言って抜けてきました。しばらく俺がいなくても問題ないはずです」

「そうか」

上官としてはけっして褒められたことではないが、個人的には非常に助かる配慮だ。

じつはイェリクの顔を見たとたん、性欲がいっきに増して、我慢できないほど欲情していた。こうして歩くのも辛かった。

マティアスは人目を気にする余裕もなく、倒れ込むようにしてイェリクの胸に抱きついた。

「た、隊長⁉」

「助かった……もう、我慢できなかった」

この一週間で嗅ぎ慣れた彼の匂い、厚い胸板。それらに妙な安堵《あんど》を覚えると同時に、むらむらと興奮しだす。

「それは、間にあってよかったです」

「しかし……仮眠室まで歩けそうにない」

近衛連隊の詰所はここから遠い。とはいえ、まさかその辺の茂みでするわけにもいかない。

「では、抱えます。失礼します」

あ、という間もなく足が宙に浮き、姫抱っこされていた。

「きみ、これは」

さすがに恥ずかしい。

周囲を見まわすと幸い人はいなかったが、すこし歩けば絶対誰かに見られる。

「人に訊かれたら、負傷したとか罰ゲームとか、適当に言いわけしましょう」

イエリクはそのまま歩きだし、通用口から正殿内へ入った。

赤いじゅうたんの敷かれた長い廊下、天井にはきらびやかなシャンデリアがいくつも連なり、壁には凝った細工の調度品や絵画が飾られている。そのなかを迷いのない足取りで進む。

「どこへ行くんだ」

「空き部屋へ」

普段は見かけない着飾った貴婦人たちとすれ違う。舞踏会前で人の賑わう時間帯ではあったが、人の流れとは別方向にいるため、幸いすれ違ったのは数人だった。しかし。

「おや。マティアス殿？」

廊下の曲がり角で、顔見知りの青年にばったり出くわした。公爵家の息子だ。

「そんな、抱えられて……いったいどうされたんですか」

よりによってこんなときに話しかけないでほしい。

「ちょっと特殊な任務です。急ぐので失礼します」

相手は自分よりも上位階級で無下にはできないが、悠長に相手をする余裕もない。イェリクもその辺はわかってくれており、会釈するなり足を速めた。

階段をあがり、しばらく進んだのち、イェリクはとある扉の前で足をとめた。そしてそっとノブをまわし、素早くなかへ入ると鍵を閉めた。

室内は青いじゅうたんが敷かれ、長椅子がひとつ置かれているだけ。たしかに空き部屋のようだ。

「どうしてこんな場所を知っている」

「ええと……第三中隊所属だったものですから」

第三中隊は王宮と王都を管轄する警察部隊だ。

「王宮内の部屋の使用状況は把握していまして。常に空いている部屋の存在も知っていました」

常に空いている部屋。

噂に聞く「逢引《あいび》き部屋」とは、もしやここのことかと気づいた。

王宮内に、逢引きなどに使える部屋があることはマティアスも知っていたが、恋愛に興味がなく、場所までは知らなかった。

「きみは、ここを使ったことがあるのか」

「まさか」

イエリクが首を振り、マティアスを長椅子に降ろす。

「知っていただけです。第三じゃなくても、貴族の男ならけっこう知っている者も多いと思いますが」

「そうなのか」

使ったことがあるからここへ案内したわけじゃないとわかり、なんとなくほっとする。

「私を抱えたまま階段まで上らせて、すまなかった」

「いい運動になりました」

イエリクの手が伸びてきて、上着のボタンを外される。なにげなくそこへ目線を落としたら、彼の顔が近づいてきた。ふと目をあげると、視線が絡んだ。

青い炎の瞳。

あの、まなざしだ。

マティアスは思わず息をとめた。

まっすぐな、思いつめたような熱いまなざしに見つめられ、そらすことができなくなる。

顔がゆっくりと近づいてきて、唇を寄せられる。

キスされる、と認識し、唇がふれそうになった刹那、マティアスは反射的にそのあいだに手を差し込んだ。

そのまま彼の顔をググッと手で押しやる。

「なんのつもりだ」

「なんのって……キスしようと……」

手のひらに塞がれてくぐもった声が答えた。

「どうして」

「どうしてって。これから抱きあうわけですし」

マティアスは眉間にしわを寄せて睨んだ。

「そういうのはいい。それより早く、抱いてくれ」

びっくりした……。

苛立った態度をしてみせたが、内心は動転していた。

キスされそうになったのは初めてだった。抱きあうからキスするというのは自然な発想なのだろうか。

自分はキスなどしたことがないからよくわからないが、キスとは恋人や想いあう同士でするものじゃないのか。自分たちは抱きあうが、キスするような関係ではないと思うのだが。

「上着も、着たままでいい」

マティアスはズボンと下着を下ろすと、長椅子から降り、その座面にむきあうように床に跪《ひざまず》いた。そして座面に上体を預ける。

すぐに背後でイェリクが跪く気配がし、入り口に彼の舌と指が触れる。

自分でほぐそうとしてうまくできなかったあのあとから、ほぐすのは彼に任せることにした。そして翌日から、そこを舌で舐められるようになった。

はじめは驚いたしやめろと言いはしたが、けっきょくその快感に抗《あらが》うことができず、なし崩しに連日そうしてほぐしてもらっている。

舌と濡らされた指が入り口に入ってきて、丹念にほぐしはじめる。そしてもう一方の手で、しっぽの付け根を撫でられる。

「ぁ……ふ……っ」

「ここ、こうされるの、好きですよね……」

ほぐすあいまにからかうようにささやかれ、頬が熱くなる。

入り口を舐められてほぐされるのも快感だし、そうされながらしっぽの付け根をさわられるのもすごく気持ちがよかった。

しっぽの付け根にも性感帯があるらしく、強くさわられると嫌なのだが、イェリクはうまいこと快感を引きだしてくれる。

彼は初めの頃に比べ、日に日に遠慮がなくなっているし、自分とのセックスを楽しんでいるように感じられる。つきあってもらっている以上、楽しんでもらえていることはなによりだと思う。自分自身は異常な性欲に心身を支配されていて、楽しめる余裕などなく毎回必死なのだが。

自分で前を刺激し、後ろを嬲られ、しっぽをさわられると、もう全身で快感がふくらみ、すぐにも爆発しそうになった。

「あ……、ん……っ、もう、いいから……っ、挿れてくれ……っ」

「まだ。もうちょっとですよ」

いくらねだっても、きちんとほぐし終えるまではイェリクは絶対に先に進まない。

快感が爆発したいのに爆発できず、身体の内部で不完全燃焼を起こしているようで、泣きそうになりながら耐え、ようやく猛りをあてがわれる。

「挿れますね」

ずっぷりと、太いもので貫かれる。挿れられただけで気持ちよすぎてめまいがした。

「ん……ぅ」

猛りが収まると、彼は上体を倒してマティアスの身体を抱きしめた。そして帽子をとり猫耳を甘噛みする。

「あ……んっ、や……」

耳をそうされるのも好きだ。だがいまは早く、強い刺激がほしい。ねだるように腰を揺らすと、彼もそれにあわせて律動を開始した。

すぐに甘い快感に腰が蕩け、与えられる快楽に没頭する。

「隊長……」

背後から、かすれた声でささやかれる。

「隊長……こういうこと、俺のほかにはしないでくださいね……」

「え……」

「俺だけですよ……その辺の誰かを誘ったりしたら、だめですよ……わかってます……?」

なにか言われているが快楽を追うのに夢中で頭に入ってこない。

彼の腕が抱きしめるように胸へとまわされ、乳首を弄る。

「あ……っ」

とたんに新たな快感がそこから生まれ、身体がびくりと震える。

そんなところで快感を覚えるなんて、抱かれるようになるまで知らなかった。そして毎日弄られているせいか、日毎に敏感になっている気がする。

身体中のあちこちをいやらしく愛撫され、身体の熱があがっていく。抜き差しする後ろも次第に激しくなってきて、快感が火玉のように大きくふくらむ。やがて極みまで、ふたり同時に駆け抜けた。瞬間、背後から強い力で抱きしめられる。

「——っ」

爆発するように達ったあと、身体の奥に、彼の熱がどくどくと注がれるのを感じ、それに快感を覚えると同時に欲望がすっきりと収まる。

呼吸が落ち着いてきてもイェリクは楔を抜こうとせず、しばらくマティアスの身体を抱きしめ続けている。このところいつも、そうだった。

「落ち着いたか」

声をかけると、かすれた声が届いた。

「もうちょっと……」

しかたないのですこし待つ。正直、そんなに悠長にしている余裕はない。事が済んだら早く部屋を出るべきだ。いつも利用している仮眠室もそうだが、この空き部屋も、ばれやすいと思うのだ。

「そろそろ動けるか。早く戻ろう」

催促すると、ようやく楔を引き抜かれ、身体を解放された。急いで身支度を整える。

「行くか」

イェリクも身支度を終えていた。声をかけて見あげると、まじめな顔で見下ろされた。気のせいかもしれないが、どことなく切なげな、もの言いたげな顔に見えた。

「どうした」

「……。いえ」

彼はなにか言いたげに口を開いたが、けっきょく言おうとしなかった。

「今日も助かった。ありがとう」

そういえば礼を言っていなかったと思い、口にすると、彼はどこか痛そうな顔をして目をそらした。

「行きましょうか」

扉へむかって歩きだす。

そう。とにかく早く持ち場へ戻ろう。万が一、空き部屋にいたことが誰かにばれたら大変だ。自分がばれるだけならいい。しかしイェリクに迷惑をかけるわけにはいかない。

イェリクは伯爵家嫡子で、いずれ爵位を継ぎ結婚する身だ。男の上官と抱きあっていたなんて知れたら彼の未来に影響が出るかもしれない。

部屋を出るときは廊下に誰もいないことを確認して、マティアスから出た。続けてイェリクが出る。

ふたりで階段を下り、それぞれの持ち場へ戻ろうとしたとき、廊下のむこうから部下が駆け寄ってきた。

「隊長、こんなところにいらしたんですか」

「どうした」

「王太子殿下が広間でお呼びです」

なんだろう。

王太子とはおない歳の幼なじみで、いまでも仲良くさせてもらっている。

自分のような軍事オタクで大しておもしろみのない男のどこを気に入ったか、時々気まぐれに呼びだし、話し相手をさせる。

しかし今日は彼が主役の舞踏会で、接待に忙しいはず。こちらも警備中と知っているはずなのだが。

行こうとしたらイェリクもついてきたので足をとめた。

「イェリク、きみは持ち場へ戻りなさい」

「いえ。ご一緒します」

きっぱりとした口調で主張された。

「広間には大勢の客がいるはず。いまの隊長は、人の多い場所へ行くのは危険です。護衛が必要です」

たしかに、フェロモンがどう影響するかわからない。

指摘されてちょっと不安になったので、やはりイェリクも連れていくことにした。

舞踏会が催されている広間へ入ると、多くの貴族が集っていた。招待客は三百名。けっこうな密度だ。広間の中央では音楽にあわせて数組がワルツを踊っており、周辺では紳士淑女が酒を飲みながら談笑している。

王太子を探しながら、それらを縫うようによけて歩いていく。すると、いやに人の視線を浴びていると感じた。武人らしくない外見のくせに最強とかサド隊長と言われているから注目を集めやすいようで、普段から人に見られることには慣れているのだが、いつものそれとはちょっと違う気がする。

帽子はしっかりかぶっているから猫耳は隠れているはず。いや、この冬用帽子が不自然なせいか。それともフェロモンの匂いのせいか。自分ではわからないのだが、匂いというのはどの程度香っているのだろう。

早歩きしているので声をかけられることもなく、王太子の元までたどり着いた。

栗色《くりいろ》の髪と瞳。陽気で軟派な雰囲気だが腹黒いところもある男だ。

「来たか、マティアス」

どこかの令嬢と話していた彼はマティアスを見ると笑顔を見せた。しかしすぐに怪訝そうな顔をする。

「なんだか……雰囲気が変わったな。その帽子と髪型のせいか？」

「そうかもしれません。お呼びと聞いて参上いたしましたが、なにか」

「ん、ああ。いま、いくつか噂を耳にしてな。特殊任務をしているとか」

先ほど会った青年から伝わったのか。

「それは冗談です」

「なんだ、そうなのか。それから帽子は禿げ隠しだと聞いたと言う者もいるんだが」

それはホーカン以外にも話したからいずれ王太子の耳にも入るかもしれないと思っていたが。

周囲の者もこちらに注目している。

「殿下。この衆目のなか、その質問に答えろとおっしゃるのですか」

王太子がにやりと笑う。

「人目など気にするタマか。見せてみろ」

帽子をとろうと手を伸ばされ、反射的にその手をよける。

「私の禿げなど見たってしかたないでしょう」

ホーカンといい王太子といい、なぜ人の禿げなど見たがるのか。

「そりゃあおなじ男として興味があるだろう。とくにおまえみたいな美人が致命的な欠点を抱えたなんて聞いたら、どう変わったか見てみたくなる。人の不幸は蜜の味とも言うしな」

「……ご容赦ください」

王太子がもういちど帽子をとりにかかる。

「おい、後ろにいる隊員、手伝ってくれ」

後ろにいる隊員とはイェリクだ。彼はマティアスを一瞥《いちべつ》してから、王太子に答えた。

「殿下。恐れながら、男の面子《めんつ》というものが隊長にもありますので」

王太子が手を下ろし、腕を組んだ。

「まあそうだな。マティアス、あとで部屋に呼ぶ」

諦めてくれたようでよかった。

ほっとして会釈したとき、王太子の横にいた令嬢の耳飾りが床に落ちた。目の前に転がってきたのでなにげなく腰をかがめて拾おうとしたら、王太子の手が素早く帽子に伸びてきた。

しまった、と思ったが、王太子の手が帽子にふれることはなかった。彼の手を、寸前でイェリクが摑んだのだ。

「おい、おまえ」

王太子がイェリクを睨んだ。イェリクは真顔で王太子のまなざしを受けとめている。これはまずい。

「イェリク。殿下の手を離せ」

イェリクはまだ手を離さない。

「イェリク」

彼はマティアスを見て、渋々手を離した。

マティアスは耳飾りを令嬢に渡すと、ひそかにため息をつき、王太子にむき直った。

このままではイェリクが咎《とが》められる。これはもう、自分が帽子を脱がないことには収まりがつかないと判断した。

「殿下。それほど見たいのでしたら、どうぞご覧ください」

やけくそな気分で帽子を脱いだ。

王太子と、その周辺がしんと静まり返った。

「それは……どうしたんだ」

王太子が猫耳を凝視する。

「助けた猫が化け猫で、お礼にこんな耳を贈られました」

「どういうことだかよくわからんが、かわいいな、おい。本物なのか？　もっとよく見せろ」

「化け猫は黒猫で、しっぽが二本あります。直し方を知りたいので、見つけたらお知らせください」

王太子が一歩近づき、しげしげと観察する。静かだった周囲もざわつきだし、人が密集してきた。

「しかし、なんだか……さっきから気になっていたんだが、おまえ、いい匂いがするな」

王太子がさらに近づこうとする。

いい匂い。それは危険ワードだ。

身の危険を察知し、マティアスは後ろに退《ひ》いた。

「殿下。任務中ですので、そろそろ戻らせていただきます」

踵を返し、出入り口へむかって引き返す。しかし群がってきた人々に塞がれて前へ進めない。

「やだ、かわいい……」

「あのマティアス隊長が……」

あちこちで、くすくす忍び笑いが広がる。

「それ、さわらせていただけます?」

そのうち四方から手が伸びてくる。猫耳だけでなく腕や肩など身体中をさわられる。誰かを守るためではなく自分のために一般貴族相手に厳しい態度をとるのも憚《はばか》られ、このままでは揉みくちゃにされるかもと恐怖を覚えたが、イェリクが盾になってくれた。

「隊長」

イェリクが腕を広げて人々を押さえてくれたおかげで人の壁に隙間ができ、脱出できた。人の壁を抜けたらそのあとは全力疾走して広間から出る。すぐにイェリクも駆けてきた。そのまま廊下を走り、はじめに入ってきた通用口から外へ出たところでようやく立ちどまった。

外はすでに暗く、点々と外灯がともり、空には星が輝いていた。

マティアスは腰に手を当て、大きくため息をついた。手にしていた帽子は隊服のポケットに突っ込む。三百名もの貴族たちに披露してしまっては、もう帽子で隠す意味はない。

「隊長……」

イェリクがしょげた顔をして頭を下げてきた。

「すみませんでした。俺がよけいなことをしたばっかりに、けっきょく見せることになってしまって」

「いや。あれはもう、しかたがない」

イェリクがどう動こうと、あの場合、見せるしか道はなかったのだ。

「謝らなくていい」

マティアスはイェリクを見あげた。

苦手なはずの青い瞳を見つめて、静かに告げる。

「私は、嬉《うれ》しかった。きみが庇《かば》おうとしてくれた、あの行動が」

そう言って、微笑んでみせる。

王太子という権力にもひるまず、直属の上司を守ろうとする忠誠心を見せられて、すくなからず感動していた。

「隊長……」

イェリクはマティアスの微笑を目にして呆然としたように呟き、直後、顔を真っ赤に染めた。そして彼の鼻から鼻血がしたたり落ちた。

「……イェリク。鼻血」

「はっ」

イェリクが慌てたようにハンカチで鼻を押さえる。

「きみ、いちど医者に診てもらったほうがいいんじゃないか」

正殿の壁を背にしてその場にすわらせ、そのとなりに自分もすわる。

「しかし隊長。これからが心配です。その姿、めちゃくちゃかわいいので、変な奴に目をつけられそうで」

「三十前の男の猫耳姿なんて、珍妙なだけでかわいいわけはないと思うんだが」

イェリクが鼻を押さえたまま、くわっと目を見開いてこちらを見た。

「いいえ。かわいいんですっ」

妙に力を込めて断言された。

「さっきの広間での反応、やたらとかわいいと言われまくっていたの、隊長も聞こえたでしょう」

「ああ、まあ」

たしかに言われていたが、笑い声にはそれ以外の含みもあったように思うのだが。

イェリクがずい、と真剣な顔を近づける。

「俺のせいでこんなことになったんですから、責任とらせてください」

「責任って」

「これからずっと、移動の際には護衛としてつき従います」

「大げさだな」

マティアスは苦笑した。それを見たイェリクが眉間にしわを寄せる。

「笑い事じゃありません。俺、本当に心配です」

「たしかにさっきはきみに助けてもらった。人の密集した特殊な状況だったから、ひとりでは切り抜けられなかっただろう。しかし日常までは必要ない。近衛隊員は護衛のプロだぞ。その隊長である私が、常に部下に守られるのか？　面目丸潰れじゃないか」

「それは……失礼な提案でした。しかし」

「ありがとう。心配してもらえて嬉しく思う。私はいい部下に恵まれた」

「……」

「それなのに、どんどん巻き込んでいて、すまないと思っている」

「そんなこと」

イェリクの手がマティアスの手へと伸ばされ、しかし思いとどまったように引っ込み、こぶしを握りしめた。

「巻き込まれているなんて思いませんし、謝らないでください。俺、隊長の力になりたいです」

「ありがとう。頼りにしている。また非常時は頼むこともあるかもしれない」

毎日の護衛はさすがに大げさだし必要ないと思う。しかし他人事《ひとごと》だというのに真剣に心配してくれる彼の気持ちは本当に嬉しいしありがたく思えた。

なだめるように彼の肩を軽く叩いた。

「そんなに心配せずともなんとかなるだろう。それよりきみ、鼻血はとまったか」

「あ、はい」

鼻血が落ち着いたのを見て、マティアスは立ちあがった。

「さて。イェリク。体調が問題ないならきみは持ち場に戻りなさい」

「隊長はどうするんですか。その姿で、警備に?」

「……うーん。逆に騒動を起こしそうだな。今日は早退することにする。連絡を頼んでいいか」

「わかりました。ではご自宅までお送りします」

「だからきみね。私を誰だと思っているんだ。か弱い娘じゃないんだから」

「しかし」

「だいじょうぶ。帰り道は帽子をかぶるから」

心配する男を安心させるように笑いかけ、マティアスは更衣室へむかった。

正直、明日からどうなることやらと思う。

しかし、イェリクがいてくれてよかったと心から思う。

日頃から気が利く男だと思っていたが、これほど頼りになるとは知らなかった。

彼の助けがあるなら明日からもどうにかなるように思え、悲観することなく足を進めた。


翌日、帽子をかぶって出仕したものの、どうせ猫耳のことは広まっているのだろうからと、更衣室で帽子を脱いだ。そして着替えて演習場へ出ると、集まっていた隊員や新人兵たちは静まり返った。それからざわめきだし、過半数が鼻血をだした。

指導隊員のひとりが恐る恐る話しかけてくる。

「た、隊長……それは」

「私のことは気にせずはじめてください」

「気にせずにいられますかっ」

「そういう鍛錬だと思ってくれたらいい」

ホーカンも近づいてくる。

「本当に禿げたのか疑ってたが、それよりすごいものを隠してたな。とれなくなったのか？」

猫耳は偽物だと思っているらしい。

またほかの隊員が駆けてきた。

「隊長、これを使ってください！」

差しだされたのは乗馬用の追い鞭。

「きっと新人兵たちも喜びます！　試しに私からどうぞ！」

「きみね」

呆《あき》れつつも素直に受けとった。

「に、似合う……」

鞭を持ったら周囲がさらにざわざわした。

「静かに。整列！」

静かにさせようと、叫んで鞭を地面に打ちつけてみせたら逆に拍手が起こった。

やはり隊員たちの反応はどこかずれている気がする。

モテモテってこういうことだったのかな……。

「隊長」

イェリクがそばにいた指導隊員たちのあいだに割って入り、マティアスの腰に片手を添え、もう一方の手を前方へ示し、さりげなく移動するよう促してくる。

先日、ホーカンがそばにいたときも彼はこんなまねをしていたなと思いだす。

「今日は俺に仕切らせてもらってもいいでしょうか。隊長はその姿にみんなが慣れるまで、人に近づかないほうがいいと思うんです。離れた場所で見ていていただけると」

「今日も匂うか」

「それはもう」

今日の午前中は射撃訓練をする。射撃中に匂いで新人兵を惑わすのは危険だと思うので、イェリクの提案に従うことにした。

「では頼む」

イェリクが新人兵を整列させ、点呼をし、それから射撃場へ移動する。マティアスは準備にとりかかる隊員たちをすこし離れた場所から眺めた。

みんなの反応がいまはまだ恥ずかしいが、そのうち慣れるだろうとは思う。帽子をかぶっているあいだは言いわけが面倒だったけれど、これからはその必要もなく、隠し事が減って清々した気分でもある。

しかし、やはり訓練中はみんなの気が散らないように帽子をかぶっておくべきかもしれない。

こうなったからにはしかたがないと覚悟を決めてさらしたものの、さすがに一生このままでいる覚悟はできていない。猫耳のせいで、いままで培ってきた隊長としての威厳が台無しだ。早く元に戻りたいと切実に思う。

なのに相変わらず妖猫は見つからないし、どうしたものか。

とりとめもなく考えているうちに準備が終わり、射撃に入った。

イェリクが新人兵に指導をしている姿が目に入る。

新人兵だった頃の彼は、人並み以上の持久力があったし、力もあった。だが射撃は苦手だった。よくマンツーマンで指導した覚えがある。

第三中隊に配属されてからは、銃を扱う機会はさほどなかったはずだ。しかしいままではなんの問題もなく指導できている。第二中隊に異動してからこの一年、彼は新人兵の誰よりも訓練していたことを知っている。

その努力を怠らない姿勢はとても好ましく思うし、彼をこちらへ引っ張ってきた身としては、その成長を嬉しく思う。

いま、彼が指導している新人兵はいちど脱落した者だ。

毎年何人か、訓練についていけなくて脱落する者が出る。あの新人兵はいちど脱落したが、イェリクの声かけにより再起した。いちど挫折した者の気持ちをとり戻すなんて、なかなかできることではない。実際、自分にはできたためしがない。イェリクの、相手の気持ちに寄り添える能力は貴重だとほかの隊員たちも認めており、いまでは第二に欠かせない存在となっている。

イェリクの指導ぶりを眺めているうちに午前の訓練が終わり、休憩に入る。

食堂へ行き、四人掛けの席につくととなりにホーカンがすわり、むかいにほかの隊員二名がすわった。

いつも自分の前にすわるはずのイェリクがいない。後ろについてきていたはずなのにと振り返ると、トレーを持ったまま、こちらの座席を見つめて立っていた。

マティアスのむかいにすわった隊員がイェリクの視線に気づいてにやりと笑う。

「すまないなイェリク。たまにはこの席を譲ってくれ」

イェリクはしかたなさそうに通路のむこう側の席についた。

「隊長、その耳はどういうことなんですか」

問われるままに答えるが、みんな、必要以上に近づいてくる。広いテーブルなのに、となりにすわるホーカンとも肩がふれあうほど近づかれて、窮屈だし落ち着かない。

「ホーカン。離れてくれ」

足で彼の椅子を乱暴に押して引き離す。

食堂で食べるのは失敗したなと思う。明日からは別室へ行ってひとりで食べようか。しかしそれも面倒か。

今日の献立はロース肉のアンチョビバターソース。きのこがたくさん盛りつけてあり、好物だったが落ち着かなくてあまり味わえなかった。

イェリクもほかの隊員と話しながら食べている。

隊員になにか言われ、彼が髪を結わえている紐《ひも》をほどいた。肩につくほどの髪が顔に沿うように下り、いつもと違う色っぽい雰囲気になり、思わずどきりとした。

銀の髪が、きらきらと光を反射してとても綺麗で、見惚《みと》れてしまう。

彼は嬉しそうに髪紐を隊員に見せながらなにやら話していた。そしてまた髪を結ぶと食事を再開した。

それを遠目に眺めて、綺麗な食べ方をするんだな、と思う。フォークを持つ彼の手は大きいが、指が長くて綺麗なバランスをしている。

射撃が苦手だったから不器用なのかと思っていたが、そういうわけでもないらしいと最近知った。情事の際はあの長い指が繊細かつ器用に自分の身体を愛撫して——って、食事中になにを考えているのか。

そのとき、ふと彼の視線がこちらをむいた。

目があい、胸がどくりとした。

穏やかだった彼のまなざしが、目があったとたん、急激に熱を帯びる。

あのまなざし。

あの青い熱に視線を搦めとられ、そらせない。胸が、苦しくなる。

変なことを考えていたところだったからよけい動揺が激しかったが、意志の力でどうにか視線をもぎ離すことに成功した。表面上はさりげなくうつむき、肉を口に運ぶ。

最近、彼と目があうことがやたらと増えた気がする。

なぜだろうと思いつつ、落ち着かない食事を済ませて席を立つ。

まだ休憩中で演習場には誰もいない。射撃場へむかい、銃に弾丸を装填していると、イエリクがやってきた。

「隊長。指導を願えますか」

「射撃の？」

「はい」

「きみに指導することは、もうなにもない。上達したな」

イエリクの目がわずかに見開かれ、頬が染まった。

かわいい反応をする、と思う。

「この一年、がんばっていたものな」

「あ、ありがとうございます！」

サドキャラ上官をやっているから、たまに部下を褒めると非常に喜ばれる。イェリクもいつもより大きな声で敬礼した。

そういえば新人兵だった頃の彼はいまほど鼻血をだしていなかったなと関係ないことを思いだす。

「私も追い抜かれないようにせいぜい腕を磨くとしよう」

「見学していてよろしいですか」

「ああ」

イェリクに見せながら残りの休憩時間は射撃訓練をし、午後は新人兵たちに格闘訓練を指導する。

いつもは新人兵に交じって行うのだが、いまは自分が参加すると相手がマゾ化して訓練になりそうにないので、午前中同様、見学だ。

班ごとに指導隊員がつき、訓練をはじめる。今日は武器を使わず素手での格闘だった。

イェリクを見ると、早速新人兵相手に戦っていた。褐色の肌にバランスのとれた身体は同性から見ても素直に格好いいと思う。長い手足を自在に使い、機敏に動く姿は危ういところがなく——って。

——あれ。

ふと、気づいた。

自分はイェリクばかり見ていると。

午前中の射撃訓練も昼食時も、そしていまも、真っ先に彼の姿を探して、見つめている。

そういえば今日だけでなく、昨日も、その前も。このところずっとだ。

最近、彼と目があうことがやたらと増えたと思ったが、なんのことはない、自分がやたらと彼を見ているだけのことだった。彼に抱かれるようになったから、どうしても気になってしまうらしい。

自覚しても、マティアスはそのまま彼を眺め続けた。

改めて見ても、イェリクはいい男だと思う。性格も温厚で仲間受けがよく、貴族令嬢からの人気も高いと聞く。そろそろ結婚してもいい年頃であり、縁談は多数舞い込んでいるであろう。当然恋の相手に困ることはないはず。それなのになぜ自分を抱いているのかと言えば、サド上官である自分が頼んだから拒めないだけだ。

考えるまでもなくわかっていることなのだが、それを思うとなんとなく胸がもやもやした。

あれは頼みというより、彼にとってはほぼ命令に聞こえただろう。なにしろ自分は必死なあまり、副隊長だから助けろなどと横暴なことを言ったのだ。

しかもいちどだけでなく毎日つきあわせることになってしまって、これでは恋だってできないだろう。申しわけないことをしていると思う。本心からそう思っているのだが、形容しがたい感情が心の隅で煙幕を張っている。

なぜだろう。なんだろう、このもやもやは。

元に戻ることができれば、この気持ちもすっきりするだろうか。

イェリクが新人兵を投げ飛ばしていた。その姿を眺めながら、ちいさくため息をついた。

仕事を終え、イェリクに抱かれたあとは、怪しまれないように時間差で別々に部屋を出るようにしていて、今日はマティアスが先に出た。建物からも出て王宮の東門へむかっていると、すれ違った貴族の青年が急に立ちどまり、背後から襲ってきた。

素早く身をかわしたが、相手はまた飛びかかってくる。

血走った目をして、常軌を逸した雰囲気がある。マティアスは男の腕を掴んで捻《ひね》りあげると、地面に押さえつけた。

すぐに駆けつけてきた近衛隊員に男を引き渡し、東門を出る。

猫化してから、こうして襲われることがたまにある。

いまのところ大事にはいたっていないが、襲われるたびにどうして自分がこんな目にと思わずにはいられない。

平穏な日常を返してほしい。

妖猫はいないだろうかと遠まわりして探していると、木の上にいた猫が飛び降りてきて背中にへばりついた。

妖猫を探して人気《ひとけ》のない道を歩いていると、今度は猫に飛びかかられたりすり寄られたりする。ある意味人間よりも厄介だ。いくら引きはがしても、彼らはなんどでも飛びついてくるのだ。

襲ってくるのが人間ならば多少痛めつけても心は痛まないが、相手が小動物だと思うとあまりひどいことはできない。

引きはがしてはくっつかれ、を繰り返しながら歩いていると、そのうち飛びかかってくる猫の数が増えてきて、しまいには両肩、頭、背中、太腿と合計七匹にくっつかれ、うっかり立ちどまったら、足元にもたくさん集まってきてしまって進めなくなった。やがて猫の山に埋もれかかった。

どうしようこれ。

途方に暮れたとき、背後から声をかけられた。

「その猫山は、まさか、隊長……?」

振り返ると、驚いた顔をしたイェリクが立っていた。彼は駆け寄ってきて猫を蹴散らし、くっついていた猫を次々に引きはがしていった。

「なにをしているんですかっ」

「なにも。ただ歩いていたらこうなった」

引きはがしてもまた飛びかかられる。

「きりがないな」

マティアスは猫をよけながら走りだした。

べつにイェリクまで走る必要はないのだが、行きがかり上、彼も一緒に走りだす。

「まさか会うとはな。きみの家はこっちだったか」

「もうすこし先です」

以前、隊員たちとの会話のなかで家の場所を聞いた覚えがある。その記憶によるとサグレアン伯爵家はオーグレーン家とさほど離れていない立地にあるが、訪れたことはなかった。

伯爵家ということで、屋敷の雰囲気はだいたい想像がつく。彼の父親は軍部に所属しており、厳格そうな男だ。母親はどんな感じだろうか。たしか妹がいたのだったか。似ているのだろうか。

にわかに興味が湧く。

「よろしければ、うちに寄っていきませんか」

ちょうど気になったところだったから嬉しい申し出だった。しかしマティアスは後ろを振り返り、猫たちが追いかけてきているのを確認して首を振った。

「嬉しい誘いだが、今日は遠慮しておく。このまま行ったら、きみの家に猫を連れていってしまう。そしてけっきょく、うちまで送らせる羽目になりそうな気がする」

しかしこのまま帰るというのも、この状況でこの男が承諾するはずもないと思った。

「きみ、私をうちまで送ってくれるか」

「わかりました」

全力疾走しているわけでもないので、たまに追いついた猫に飛びかかられる。それをイェリクにとり除いてもらいながら走り続け、自宅についた。

妖猫をおびき寄せるために、家の前に猫の餌箱を置くようになっていたため、猫たちはそちらに気を奪われた。その隙に素早く門扉を閉める。

「助かった。ありがとう」

「いえ。大したことはしていません」

「せっかくだからすこし寄っていってくれ」

「いいんですか」

イェリクが緊張したように大きく息を吸った。

「隊長のお屋敷って、ホーカン殿すら招待されたことがないって……」

「ああ、そういえばないな」

友人知人にはすぐそこの王宮で毎日会っているから、わざわざ家に招くという発想にはならなかった。父や兄夫婦の友人や、親戚が遊びに来ることはあるが、母が他界してからは、大掛かりで社交的な催しを家で行うことはなくなっていたなと思う。

「べつに、緊張するような家じゃないから」

彼を促し、屋敷の正面玄関へ進む。扉を開けようとして、甥の顔が脳裏に浮かんだ。

今日は仕掛けて待っているだろうか。

すぐ後ろにいるイェリクをちらりと振り返る。

——この男があの仕掛けを見たら、どんな反応をするだろう。

いたずら心が芽生え、マティアスは横へ退《ど》きながらいきおいよく扉を開けた。

とたん、扉の真正面に立っていたイェリクに飼い猫が飛びかかる。

「うわっ」

なかで待ちかまえていた甥たちが、竹筒で作った鉄砲で粉を噴きかけた。

「ええっ⁉」

「スキありいっ」

「シュキありいっ」

子供ふたりがイェリクに突進する。とっさによけようとしたイェリクが尻もちをつき、その上にふたりが飛び乗った。

「やった――あれ？」

「あれえ？　マティじゃないよ」

きょとんとしている甥ふたりと、白い粉をかぶって呆然としている男の顔を見て、マティアスは我慢しきれず噴きだした。

「オーケ、アーネ。引っかかったな」

扉の陰に隠れていたマティアスが顔をだしたら、ふたりは頬をふくらませた。

「あー！　ずるい！」

「ずるくない。敵を視認しないきみたちの落ち度だ」

「くそおっ。きょうこそ、かったとおもったのに！」

「そんなことより、この御仁に言うべきことがあるんじゃないか」

ふたりは慌ててイェリクの上から退いた。ようやく事態に気づいたように不安そうな顔をして謝罪する。

「ご、ごめんなさい」

「ごめんなしゃい」

イェリクはすわり込んだまま、呆然とこちらを見あげてくる。マティアスは笑いを収めて彼に手を差しだした。

「すまない。服を汚してしまった。弁償させてくれ」

差しだした手をイェリクが握りしめ、立ちあがる。

「いえ……そんなことはかまいませんが……驚きました」

「この時刻に我が家へ来ると、彼らの洗礼を受ける。覚えておいてくれ」

猫を肩に乗せ、甥とイェリクを連れてなかへ入り、メイドに食事の支度を頼む。

とりあえずタオルをメイドからもらい、イェリクに渡した。

彼が顔の粉を拭いているあいだ、オーケが腕にぶら下がってきた。それを見てアーネも反対側の腕にぶら下がる。

「マティ、あそぼー」

マティアスは子供たちの腕を摑み、ぐるっとまわってやった。遠心力で子供たちが浮くようにまわり、きゃっきゃとはしゃぐ。

五周ほどまわってふたりを降ろし、顔を拭き終えたイェリクからタオルを受けとる。

「マティ、もっと」

「見ての通り今日は客人がいる。続きはまたあとでな」

「えーっ。もっと！」

先へ進もうとしていたマティアスはいったん立ちどまり、しゃがんでアーネと視線をあわせた。

「大事な客人なんだ。おもてなしをしたい」

「じゃあアーネもおもてなし、する！」

「ぼくもする！」

「いい子だ。それでこそ私の甥」

にっこり笑ってふたりの頭をぐしゃぐしゃと撫でてやった。

ふたりはきゃあきゃあ言いながら厨房《ちゅうぼう》のほうへ走っていった。

イェリクはまた呆然としていた。

「どうした」

「いえ……とても、かわいいなあと」

「そうだな。まだまだかわいい年頃だな」

「いや、彼らもそうですが……、隊長が、かわいいなあと」

口元を覆い、目をそらして呟くように言う。

マティアスは顔をしかめて彼の髪を引っ張った。

「きみね。上司をかわいいとか言うんじゃない」

抱きあう関係になってから、やたらとかわいいと言われるようになった。とくに、情事の最中に。バカにしているわけではないようだが、男として複雑だ。

今日は父と兄がすでに帰宅しているというので、リビングへ連れていく。

「父上、私の隊の副隊長、イェリク・サグレアンです。兄上、この者が粉まみれなのは、オーケとアーネのしわざです。まあ私のせいでもありますが」

「おお、サグレアンというと、サグレアン伯爵家の。これはまた、申しわけないことを」

「なんてことだ。イェリク殿、我が子たちが本当にすみません。なんとお詫《わ》びしたらよいやら。すぐに着替えの用意を」

「いえ、粉は払えば落ちますから。着替えるほどのこともないかと」

「いやいやいや。そのまま帰すなんて、そんなことができるわけなかろう。着替えが済んだらぜひ一緒に酒を」

父と兄は事態を察して、これ以上ないほど歓待した。遠慮する彼を強引に着替えさせたら男たちで酒を酌み交わし、食事をとった。

「しかし我が愚息も、近衛連隊最強などと言われて調子に乗った罰でも当たったのか、猫耳なんかになってしまって。まったくひどい姿だ。どうだね。こんな姿で隊長など続けられるものかね」

「あはは。この男が猫耳なんて、笑えるよね」

父は呆れたように言い、兄は遠慮なく笑う。それにイェリクはまじめに答えていた。

「隊長は第二中隊の宝です。猫耳ぐらいで隊長に辞められてしまっては大変です」

猫耳が生えてからは家の中でも帽子をかぶっていたのだが、さすがに食事の席で咎められ、二日目の夜には家族にばれた。事情を知っても、この父兄は他人のイェリク以上に他人事というか、楽天的に受けとめて笑っている。甥たちも見せたその瞬間に「かわいい～」と受け入れていた。

基本的にオーグレーン家の男は他人への関心が薄い。興味がないことには徹底して無関心な性質は遺伝だとマティアスは思っている。

「イェリクにいちゃん。またきてね」

「またあそぼーね」

帰る頃には甥たちもすっかり懐き、イェリクにじゃれついていた。

そんなに長く引きとめるつもりはなかったのだが、父や兄たちとの会話も弾み、すっかり遅くなってしまった。屋敷を出て、門まで見送るためにふたりで歩く。

途中、イェリクの表情が曇っているように見え、気になった。

「いろいろすまなかった。気を悪くしていないか」

「いえ。歓迎していただいて、身に余る光栄でした。ですが近衛隊員として、子供たちの攻撃をよけることができなかった自分を恥じています」

やはりそれか。

「いやいや。任務中じゃないんだし、上官の家に呼ばれて、まさかあんな奇襲があるとは誰も思わないだろう。いたずらが過ぎたと反省している」

「それにしても無様なところをさらしました。修業が足りないです」

門が近づき、イェリクが立ちどまって見下ろしてきた。

「それから……子供の相手をする隊長が、ちょっと意外でした」

「そうか?」

「すごく、自然に笑っていて……奇襲よりもそのことに驚きました」

マティアスは顔をしかめた。

「きみ、本当に私を誤解していると思うぞ。私だって血の通った人間なんだ」

「はい……今日はそのことが、よくわかりました」

静かな、心に染みる声。

「だったら、よかった」

心の奥がじんわりと温かくなった気がした。

この男に自分を知ってもらえたことが、やけに嬉しかった。

門を開けると、猫たちの姿は消えていた。

「気をつけて。また明日」

「はい。明日もよろしくお願いします。それから……おやすみなさい」

熱い瞳が色気を含んで見下ろしてきた。

心臓がどくりとする。

彼は名残惜しそうに瞳をそらすと、一礼して帰っていった。

マティアスは、見えなくなるまでその後ろ姿を見送った。

5

マティアスが猫化して二週間が過ぎた。

そしてその日、イェリクは二週間ぶりの休日だった。自分だけでなく、マティアスもだ。

昨日の帰り際、明日は抱きあわなくていいとマティアスは言っていた。だからゆっくり休め、と。

でも一日いちどはしないともたないじゃないですかと反論したのだが、一日ぐらいどうにでもなると言って彼は帰ってしまった。

あれは、自分に気を遣っての言葉だと思う。

きっとしたくなっても我慢する気だ。

どうにでもなるって、どうにもならなかったらどうするつもりだ。

適当に自分以外の男を誘って抱かれるつもりか。そんなの、冗談ではない。

マティアスのことが気になって、ゆっくり休むどころではなかった。朝からずっと部屋をぐるぐるまわり、悶々《もんもん》としすぎて気がおかしくなりそうだった。夕方になったらマティアスの家に押しかけてしまおうか。いやしかしそんなのは失礼だし……。

でも――。

「――はっ?」

気がついたら、外にいた。公爵家の塀沿いの、メタセコイアの並木道を歩いていた。

空を見あげると太陽は南中する前の高さにある。

「嘘だろう、俺……」

イェリクは衝撃のあまり立ちすくんだ。

どうやら自分はマティアスに会いたいあまり、意識を飛ばして家を飛びだしたらしい。

よくよく思い返せば、やっぱり夕方までなんて待てないと思って部屋を出たような記憶がおぼろげながらあった。

ちょっとヤバくないか。病気じゃないか、これ。

意識を飛ばしてまでマティアスに会いたく思う己をかなり恐ろしく思いながらも、イェリクは引き返すことなく足を進めた。

約束もなく、休日に上司宅に押しかけるなんて非常識だし失礼にもほどがある。

だが、会いたくてたまらなかった。その気持ちを抑えることは不可能だった。

以前はここまでひどくなかったはずだった。とても憧れ、尊敬していたし、もっと親しくなりたいと思っていたが、自制はできていた。ちゃんと、上司と部下という関係性の枠内で行動できていたはずだ。

それが最近は、感情のコントロールが難しくなっている。理性がうまく働かないことが頻繁にある。

それは、彼を抱けるようになってからだ。

ねじが外れたというか。自分のなかの、押してはいけないスイッチを押された感じというか。

身体を抱けるが心は得られないという不毛な関係が、精神を不均衡にさせているように思う。

自覚はあるが、自分ではどうしようもないことだった。

ともかく彼に迷惑をかける行為だけは慎《つつし》まねばと思いつつ、オーグレーン侯爵家へむかった。

従者による事前連絡もなく突然押しかけたものだから、はじめに対応に出た執事はちょっと戸惑った顔をしていた。玄関ホール横にある待合部屋へ案内され、さほど待つことなく肩に白猫を乗せたマティアスがやってきた。

「イェリク。いったいどうしたんだ」

休日の彼はベストを着ず、着古した感じのブラウスとズボンのみだった。薄手のブラウスの襟を鎖骨が見えるほど寛《くつろ》げ、腕まくりをしたラフな格好。

ああ隊長！　それってもしかして寝間着だったりしませんかっ？　そうですよね！　いつものきっちりした姿も素敵ですが、いまの姿も色気だだ漏れで鼻血が出そうです！　寝起きのような隙だらけの表情も乱れた髪も、愛らしくてたまりませんっ！　朝から早速の誘惑、ありがとうございます！　ええもちろん誘惑する気が微塵もないことなど重々承知しております！


「お休み中でしたか」

「ん。ちょっと前に起きたところだけど」

休みの日は遅くまで寝ているタイプらしい。

「突然失礼しました。心配で来てしまいました。隊長は、今日のご予定は」

「うん……化け猫探しに街へ行こうかと思っていたが」

「お供します！」

「しかし……」

マティアスが迷うように小首を傾げた。猫耳がピコピコ動いている。

ああもう、そんなかわいい仕草もたまりません、ごちそうさまです……！

断られないよう、加えて言う。

「そのフェロモンを振りまきながらひとりで街を歩くのは、どうかと思います。もしなんらかのトラブルが起きた場合、俺もそばにいればなにかの役に立つかと。いちおう第三中隊に顔が利きますし」

「しかし、いいのか……？　貴重な休日までつきあわせて……」

「もちろんです。そのつもりで来たんですから」

「じゃあ、ちょっと支度をしてくるから、待っていてくれ」

よかった。今日も一緒にいられる……！

しかしあの白猫、ずっと彼にくっついているのだろうか。羨ましすぎる……。自分もこの家の猫になりたい……。

ドキドキしながら待っていると、マティアスの甥、オーケとアーネが待合部屋に乱入してきた。

「イエリクにいちゃん、きたんだ！」

「きょうも、たおしちゃうよ！」

ふたりとも紙で作った剣をかまえているのだが、そのかまえが子供とは思えぬほど堂に入っている。先日垣間見《かいまみ》た様子では、遊びと称してマティアスは子供たちにけっこうまじめに指導をしていそうだ。こんなちいさいうちから彼の英才教育を受けられるなんて、この兄弟も羨ましすぎる。

そういえばあのとき。自分が尻もちをついたときの彼の表情といったら、あれは反則だろうと思う。

あの無邪気でかわいい笑顔。子供たちと戯れる優しい顔。職場で見せるサドっぽい冷たい微笑ではなく、自然で温かい笑顔だった。いつのまにかあんな顔を見せてくれるようになったのだと思うと感無量だ。いや、自分に見せるとかじゃなく、子供ふたりの前ではいつもあんな感じなのだろう。

くそう。やっぱり羨ましすぎる。自分も一緒に暮らしたい……。

「このあいだは油断していた。第二中隊副隊長の名にかけて、もう倒されないぞ」

「だいに、たいちょー……?」

「副隊長、だ。マティアス隊長の補佐だ」

「んーと。マティよりつよいの?」

「いや全然。足元にも及ばない」

兄のオーケが真剣な顔をする。

「やっぱりそうなんだ。イェリクにいちゃんはかんたんにたおせたけど、マティはいちどもたおせたことがないんだ」

「そりゃそうだろうな。あの人は近衛連隊一だから」

「どうしたら、たおせるとおもう?」

「そうだな……隊長の弱点を調べて攻めるとか。なにかあるか?」

「みみとしっぽ。さわられるの、いやなんだって」

「そ、そうか。それ以外には？」

「んーと、いちじくはたべないよ。ほしぶどうも」

「そ、そうか……あとは？」

思わぬところから彼の情報を引きだせそうで、子供相手のつもりがつい真剣になって訊いてしまう。

「待たせた」

そこにマティアスがやってきた。

えんじ色の上着に白いズボン、茶色のブーツという貴公子然とした装いが中性的で端整な容姿によく似合っており、見惚れそうになる。頭には異国風のつばのない帽子をかぶっており、いつもの冬用耳当てつき帽子よりも違和感がない。

「その帽子、いいですね。いつもそちらにしたらいかがですか」

「いや、これだと脱げやすいんだ。今日はただ歩くだけだからいいかと思って」

猫耳が生えてからは髪をセットしにくいとかで、いつも前髪を下ろすようになっている。かわいい。

「マティ、どこいくの？」

「ちょっとな。大事な用があるんだ」

「そうなんだー。はやくかえってきてね！」

子供たちに見送られて、ふたりで出発した。

「どの辺を探しますか」

「そうだな。今日はいままで探したことがない漁港のほうへ行ってみようかと思っているんだ」

「けっこう距離がありますが、歩いていきますか」

「もちろん。目的は漁港に行くことじゃない。猫を探すことなんだ」

それもそうだ。日頃から長距離を走って鍛えている自分たちには歩けない距離ではない。

閑静な貴族の居住区を横切るように歩いていき、漁港へむかう。その途中で貴族御用達《ごようたし》の高級店が立ち並ぶ通りに入る。

猫を探しながらなので、訓練のようなハードな歩行ではなく、普通に散歩といった感じだった。日差しは暖かく風も穏やかで、絶好の散歩日和《びより》。横へ目をむけると私服のマティアス。まるでデートみたいじゃないかと浮かれた気分になる。

マティアスと肩を並べて街歩きするのは、初めてではない。

「こうしてきみと街を歩くのは、年末以来だな」

マティアスもおなじことを思っていたらしい。イェリクは嬉しくなって笑顔で頷いた。

「ええ。ランタン祭り。あれは綺麗でしたね」

毎年年末には街の祭りがある。陽が落ちると街中に飾られたランタンに明かりがともされ、いたるところで酒が振る舞われ、夜店が出たり、歌や音楽のイベントが催されたりする。昨年は仕事納めの日と重なり、指導隊員のみんなで街へ繰りだしたのだった。

「隊長が笑い上戸になるって、あのとき初めて知りました」

職場ではしかめ面か冷たい微笑しか見せない彼が、酒が入ったとたんずっとにこにこしているのが衝撃だった。めちゃくちゃかわいくて、目を離せなかった。となりに並び、たまに彼がふらつくのを支えるたびにどきどきしたのをよく覚えている。

「きみは飲んでもあまり変わらないな」

「楽しい気分にはなりますけど、見た目は変わらないですね。ホーカン殿はひどかったですね。道の真ん中で立ちションしようとしたりして」

「いきなり人前でズボンを下ろして、下半身を露出していたな」

「それを見ても隊長、笑っていてとめようともしなくて驚きました」

「酒を飲むと、ちょっとねじが緩む。あのときも、きみがいてくれて助かった。下手をしたら第三の世話になるところだった」

隊員が羽目を外してもマティアスはにこにこして眺めているだけだったので、イェリクが先輩たちの世話をしたのだった。

「楽しかったな。ああいうのも、たまにはいい」

「はい。楽しかったです。今年もぜひ」

「そうだな。そうしよう」

知りあって六年。そのうち共に過ごしたのはわずか二年。長年一緒にいるホーカンなどと比べたら、共有した思い出はすくないだろう。しかしまったく思い出がないわけではない。そしてこれからも増えていく。今日のこの出来事もきっと一生覚えているだろうと思えた。

「あ。隊長」

イエリクはなにげなく視線をむけた先にあるものを見て、立ちどまった。

髪飾りなどを売る店のショーウィンドウに、猫耳のカチューシャが売っていた。

「猫耳ですよ」

イエリクの視線を追い、マティアスもそれを見る。

イエリクはショーウィンドウに近づいた。精巧な作りだ。

「俺、買ってつけましょうか」

マティアスが顔をしかめた。

「どういう理由できみが？」

「ふたりで猫耳ならば、隊長ひとりより恥ずかしくないんじゃないですか。見た人も、ただの仮装だと思うでしょうし」

「いや。よけい恥ずかしいからやめてくれ」

「あれ？　いい案だと思ったんですけど」

笑いながら歩きだしたとき、髪紐がほどけて地面に落ちた。

「あ」

髪が肩に広がる。

紐を拾ってみると、ほどけたのではなくちぎれていた。

「すみません。ちょっとお待ちください」

イエリクがちぎれた部分を結んでいると、その手元をマティアスが覗き込んできた。

「ずいぶん年季の入った紐だな」

「これ、隊長にいただいた紐です」

「私？」

覚えていないようで、マティアスは首を傾げた。

「俺が新人兵だったときです。あの頃はいまよりも、もうちょっと髪が短くて、中途半端な長さだったんですけど。髪を縛っていなくて、邪魔臭そうに見えたんでしょうね。隊長が見かねて、この紐を使えって」

「覚えていないな。しかし、もっと長いほうが結びやすくないか」

「そうなんですけど、長いこと使っているので短くなっちゃって」

六年も使っているのでなんどもちぎれて、繋ぎ目だらけだ。もらった当初はもっと長かったのだが、いまでは結ぶのにぎりぎりの長さになってしまった。

「隊長からいただいた品なので、大事に使っているんですけど」

繋ぎ終えると、その紐で再び髪を束ねる。

「そういえば、六年前からずっとおなじ髪型だな。短いほうが楽だろうに」

「この紐をいただいちゃいましたからね。もう、縛れない長さにはできないです俺」

マティアスはすこし黙り、それから「ちょっと待て」と言い置いて髪飾りの店に入っていった。まもなく出てきた彼は、店で買ったらしい青い髪紐をイェリクに差しだした。

「これを使うといい」

「え！」

髪紐を押しつけられ、イェリクは驚きつつ受けとった。

まさか買ってくれるとは。この話をしたのはもちろんねだるつもりではなかった。

「優しすぎます隊長……っ」

思わず心の声が出てしまった。

「これぐらい、どうってものじゃないだろう」

いや、でも、うわあ。

「ありがとうございます！　大事にします！　俺、一生この髪型で生きていきます！」

「いや。そこまで恩に着るものじゃないだろう。好きな髪型にしてくれ」

マティアスは顔をしかめて言う。最近は、照れ隠しのときにもその表情になることに気づいた。

マティアスが歩きだしながら、ぽつりと続ける。

「でも、まあ、私はきみのその髪型、似合っていると思う……」

た、た、隊長ぉぉぉぉっ！

わかりましたもう一生この髪型で確定です！　生まれ変わってもこの髪型で生きていこうと思います！

「イエリク、行こう」

マティアスが振り返る。そして眉をひそめた。

「……きみ。鼻血だ」

「はい！」

イエリクはハンカチで鼻を押さえつつ、小走りにマティアスの横に並んだ。

「歩かないで、休んだほうがいい」

「いいです、だいじょうぶです。行きましょう」

「いや、よくないだろう。……ああ、じゃあ、あの店に入ろう」

すこし先に大衆むけのカフェテラスがあり、そこを差し示された。

「昼にはすこし早いが、まあいいだろう。昼食にしよう」

イェリクに異論はない。ふたりで店に入り、窓際の席に腰を下ろした。

イェリクは手にしていた青い髪紐を眺め、それからむかいにすわるマティアスに目をむけた。

「この色を選んでくれたのは、もしかして俺の目の色にあわせてくれたんですか？」

「ああ、まあ。そのほうがあわせやすいかと思って」

やはりそうか。

そんなことも考えて買ってくれたのだと思うと嬉しくてなかなか鼻血がとまらない。一緒に街を歩いて、プレゼントを贈られて、一緒に食事をして。これってもう、本当にデートじゃないかと思う。そう思うと舞いあがってしまい、やっぱり鼻血がとまらない。

「俺もなにか、隊長にお礼をしたいです。なにか、ほしいものはありますか」

「いや。こうして猫探しにつきあってもらっているし。いつも世話になっているのは私のほうなんだから、きみはそんなことを考えなくていい。髪紐なんかじゃなく、もっとちゃんとした礼をしないといけないと思っているんだが」

やがて注文した料理が運ばれてきた。ウェイターは皿を置くと、マティアスをじっと見つめてきた。マティアスが冷ややかなまなざしをむけるとウェイターは下がったが、マティアスから目を離そうとせず、初めよりも近い位置で待機している。

やはりついてきてよかったと思う。

一般庶民に襲われたところでマティアスが簡単に手籠《てご》めにされるわけはないと思うが、なにがあるかわからない。

「厄介な身体になった」

マティアスが肩をすくめる。

「きみには効かないのはどうしてだろうな」

「効いていないことはないと思いますが」

「そうなのか？」

「その……俺はほかの者と違って、毎日あなたにふれることができているから……異常行動を起こしていないだけだと思います」

言いながら、ちょっとこれは嘘だなと思う。異常行動なら起こしている。

今日、意識を飛ばしたのは立派な異常行動だった。

新人兵のようにマゾ化はしていない。しかしホーカンのように隙あらばすり寄り、あわよくばキスしたいという気持ちも強烈にある。かろうじて我慢しているだけだ。

フェロモンの匂いに影響されてのことか、純粋に恋心が高じてのことか判別がつかないところだが、正直に話して警戒される必要もないので黙っておく。

「そういえば、ご家族にはそのフェロモンの影響は出ていないんですか」

「ああ、そうなんだ。家族は匂いに気づいていない」

家にいるあいだは安全らしいと知り、安堵する。

気をとり直して昼食をいただく。注文したのはホタテのフリカッセとサーモンのサンドウィッチ。大皿で届いたのをイェリクがとりわける。

マティアスはその手元をぼんやりとしたまなざしで眺めていた。

「……きみ、そういうの、器用なんだよな……」

ひとり言のように呟いたと思うと、かすかに頬を染め、目をそらす。

……ん？

隊長、なんですか、いまの反応は？

とりわけるのが器用と褒めてくれたのは嬉しいですけど、どうしてそこで隊長が照れてるんですか？　隊長がそんなふうに照れるのって、めずらしくないですか？

「あ。おいしい」

食べはじめた彼はいつもの調子に戻っており、けっきょくなんだったのか窺うことはできなかった。

勧められてイェリクもサンドウィッチを口に運ぶ。新鮮なサーモンの柔らかな食感と固めのパンがよくあう。ホタテのフリカッセは、スープは熱々なのにホタテの中心が半生で、歯ごたえが二層になっていて意外だった。

「本当だ。おいしいですね」

大衆食堂と侮ってはいけない、うまい料理をだす店だった。白ワインがほしくなるが、猫探しをしなくてはいけないので我慢だ。

予想外のうまさに一時会話を中断し、黙々と平らげた。

店を出たあと、マティアスが歩きながらこちらを見あげた。

「たまたま入ったが、また来たいな。ここ、覚えておいてくれ」

「は、い……」

イェリクは返事をし、にわかに胸が高鳴るのを自覚した。

隊長。自分に覚えておけということは、また自分と一緒に来てくれるということですか……っ⁉　そういうことですよね！

嬉しすぎて猫探しという本来の目的を忘れそうになった。というかほぼ忘れていた。

しかしさすがに漁港近くの市場まで来たら複数の野良猫がマティアスに近寄ってきたので、そう浮かれてもいられなくなった。

「いないかな」

くっついてくる猫を引きはがしては歩き、市場の隅を覗いては妖猫を探す。店の横で猫に餌付《えづ》けをしている初老の婦人がおり、マティアスが声をかけた。

「突然失礼します。じつは猫を探しているんですが――」

猫の特徴を話し、心当たりはないか尋ねてみるが、夫人は知らないと首を振った。

市場内を漁港の方角へさらに進んでいくと魚介を扱う店の区域に入る。その一角にある店の店主がこちらを見るなり声をかけてきた。

「おや、イェリクさんじゃないですか。どうしたんですかい」

顔を見て、そういえばと思いだす。第三中隊所属時代、この辺りはよく見まわりに来ていたのだが、この店主には泥棒被害の相談を受けたことがあった。

「異動したって聞いていましたが」

「そうなんですけれど、今日は私用で。しっぽが二股の黒猫を探しているんです。見たことはありますか」

「おお、そりゃ知ってますよ。この辺じゃ有名ですよ」

「え！　本当ですか！」

マティアスが勢い込んで尋ねる。

「いつ頃来たら会えるでしょうか」

「いつでも……あー、そういえば最近は来てなかったな。以前は午前と午後二回は来ていたんですが。なあ、見かけないよなあ」

となりの店主も頷く。

「そう言われてみれば、そうだねえ。五日ぐらい見ていないですかね」

「どこにいるかなんて、ご存じありませんよね」

「そりゃあ、そこまではねえ。いつもふらっとやってきて餌をもらってどこかへ行くから。飼い猫じゃなさそうですし」

餌場を変えたのだろうか。

ふたりはさらに聞き込みをして歩いたが、市場ではそれ以上の収穫はなかった。漁港へむかい、その道中も猫を探し、聞き込みを繰り返したが収穫はなかった。

陽が暮れてきて、帰ることにする。

屋敷へ戻りながら、マティアスが決意新たにというふうにこぶしを握りしめていた。

「五日前まで市場に通っていたという情報が得られただけでもよかった。明日から家の者を毎日通わせることにしてみる」

「……見つかるといいですね」

「ああ。一日も早く見つけて、元に戻してもらわないと」

イエリクは前を見ながら、ためらいがちに言った。

「気持ちはお察しします。しかし、あまり根を詰めるのも。焦っても見つかるとは限りませんし」

「それはそうだが」

「よくよく考えたら、猫耳でもこれといった問題は生じていないですし、性欲のほうも、毎日俺としていればどうにかなっているわけですから、いまのままでも大きな問題はないんじゃないですか？　のんびりかまえるというのも、ありなんじゃないでしょうか」

「大きな問題はないって、きみね。部下はマゾ化するし、急に襲われるし。なによりきみには多大な迷惑をかけているだろう」

「俺は、迷惑なんて思っていません」

彼がちらりと見あげてきた。

「そう言ってくれて、きみの気遣いには非常に感謝している。だが、私にとっては大問題だ。焦ってもしかたないとわかっていても、のんびりかまえてなんていられない」

マティアスの立場にしてみればもっともなことだと思う。

彼の心労をとり除くためにも、早く元に戻れるよう助けたいと思う。

しかし反面、いまの状態がすこしでも続いてほしいという思いもある。

彼の身体が元に戻るということはふたりの関係も元に戻るということだから。

なぜ彼がセックスの相手を自分に頼んだかといえば、たまたま猫耳を目撃し、そばにいた人間だったからであり、自分に特別な感情を抱いてのことではないとわかっている。最初に頼まれたときに自分が戸惑っていたら、嫌なら誰でもいいから代わりを呼べと彼は言っていた。つまり彼にとってセックスは大したことではなく、かつ自分は誰でも代わりが利く人間ということだ。

その事実を思うと、切なくて胸が痛む。

心を求めるのが無理ならば、せめて身体の関係だけでも続いてほしい。いつも、情事のあとの彼の態度はそっけなくてキスすらさせてくれない。セックスというより性欲処理としか思えない行為。よそよそしい礼まで言われ、愛のない関係だと強調される。それでも関係を続けたい。

もしかしたら、いつか振りむいてくれる日が来るかもしれないと思えるから。

抱きあう関係になってから、急速に距離が縮まったとは、実感している。以前は知らなかった表情や態度を見るようになり、優しく親密な言葉をかけられることも増えた。とくに舞踏会のあとに自分の行動を嬉しかったと褒めてくれた、あの言葉、あの表情は忘れられない。

おかげで抱きあう以前よりもずっと深く彼の内面を知り、いっそう好きになり、後戻りできないほどのめり込んでいる。

いまではもうただの憧れではない。心から、恋しく思う相手だ。

以前は自分の気持ちにふたをして気づかぬふりをしていたが、本当は六年前から彼に恋していたのだと、いまははっきりと自覚している。

だが想いを伝える勇気はない。せいぜい迷惑じゃないと伝えることが精いっぱいだ。

「すみません。よけいなことを言いました」

「謝ることじゃないだろう。心配してくれてありがとう」

オーグレーン家へ戻ると彼の父がいて、勧められて一緒に食事をとった。

「ところでイェリクくん。きみは独身だったね。婚約者はいるかね？」

侯爵が会話の途中でふと思いだしたように言いだした。

「じつはね。私の友人のエグモット伯爵、彼のお嬢さんが今年十七といったかな。いい子なんだが、知っているかね」

「いえ」

「そうか。両家釣りあいがとれているし、きみにちょうどいいんじゃないかと思うんだが、どうだろう。もちろん意中の人がいるなら強く勧めはしないが、悪い話じゃない」

「……。ありがたいお話ですが——」

イェリクは丁重に断った。この歳になるとあちこちで縁談を持ちかけられるので、断りの文句を言うのも板についてしまった。

「イェリク。食べ終わったら私の部屋へ行こうか」

縁談話を黙って聞いていたマティアスがおもむろに誘ってきた。

そろそろ限界が近いのではないかと心配していたし、自分もそのつもりだったのだが、初めて彼の部屋へ入れると思うと胸がどきどきしてきた。

食事を終えると、彼の案内で二階へあがる。

部屋へ通されると、彼の甘い香りがした。興奮し、めまいがする。

室内はベッドや机がある普通の貴族らしい部屋で、インテリアなどにまったく興味がなさそうな彼らしいシンプルさだった。

マティアスが部屋に鍵をかけ、上着を脱ぎだす。

「すまなかったな、急に縁談の話なんかされて、困っただろう」

イェリクも苦笑しつつ上着を脱ぎはじめた。

「いえ、よくあることなので。気にかけていただいて、ありがたいことです」

「そうか」

マティアスがベストを脱ぎ、イェリクに背をむけてベッドへむかう。

「まあ、悪い話じゃなさそうだし、もし本人を見て気が変わったら、父じゃなくて私でいいから早めに言ってくれ」

いつもと変わらぬ口調で告げられ、心臓が凍った気がした。

この人が、自分に縁談を勧めるのか……。

わかっている。わかっていることだ。

なんとも思われていないことぐらい、知っている。

自分はこの人の性欲処理を手伝っている相手というだけなのだ。それ以上の関係ではない。自分が結婚しても彼はなんとも思わない、いや、きっと心から祝福してくれるのだろう。

そう改めて認識させられて、凍った心臓が粉々に砕け散り、胸に穴が空いた。今日一日がとても幸せだったからそのぶん落差が大きくて、空いた胸に風が吹く。胸の痛みと虚無感に、思わず手で胸を押さえる。

ふいに、縁談なんか受けられるわけないだろうと叫びたい衝動を覚えた。あなたが好きなのに、どうしてほかの女を見ることができるだろう。好きで、好きで、これほど焦がれているのに。どうしてそんな男に、そんなことを言うのか。

頭が熱くなり、感情を制御できなくなる。いっそ好きだと伝えてしまおうかと思い、しかし寸前で思いとどまり奥歯を噛みしめた。伝えても、困らせるだけだ。代わりに上着を乱暴に脱ぎ捨て、彼との距離をいっきに縮めてその身体を後ろから抱きしめた。

「……っ」

「……イェリク？」

戸惑う声にかまわずベッドへ押し倒す。うなじに唇を押しつけながら、ブラウスの裾から手を忍ばせ、彼の胸をまさぐった。乳首を指で弄り、猫耳に舌を這わせると、彼の息があがってくる。

きっとだいぶ前から我慢していたのだろうと思う。軽く愛撫しただけで、彼の身体が汗ばんできて、ちいさな喘ぎ声も漏れてきた。

「耳、苦手だって子供たちが言ってましたけど……」

耳を舐めながらささやく。

「苦手じゃなくて、好きですよね。こんなに感じやすくて……」

「あ……っ、だ……って、あいつらは、引っ張る……から……っ」

「隊長……」

「っ……、待て……靴、脱ぐから……」

身体を押されたので、彼から手を離さずに身を起こす。

マティアスが起きて靴を脱ぐ。イェリクも靴を脱ぐと、すぐに彼を仰向《あおむ》けに押し倒し、両腕をベッドへ縫いつけた。

「まだズボンが――」

文句を言いかける唇に、拒まれる前にくちづけた。開いたままだった唇のあいだに舌を差し込み、彼の舌先を舐める。とたん、驚いたように舌が引っ込み、身体がびくりと震えた。

戸惑うように顔をそむけられ、唇を離される。

「な、なんで、キスなんか――」

「これから抱きあう相手とキスしないほうがおかしい」

断固として言ったら、やや驚いたような顔をされた。

以前キスを拒まれて以来遠慮していたが、今日は気持ちを抑える気になれなかった。どうしても、彼とキスをしたかった。そむけられた顔を追い、もういちどくちづける。

本気で嫌なら拒絶するはず。自分など簡単に投げ飛ばされる。しかしそうされることはなかった。つまり、いいということだ。遠慮なく舌を差し込み、彼の舌を愛撫した。

自分も大して経験があるわけじゃないし、最後にキスしたのは忘れるほどずっと昔のことだ。だが彼のほうはさらに拙《つたな》くて、されるがままというか、まるで初めてみたいなぎこちなさだった。

こちらが強く言ったから妥協してくれただけで、彼としては好きでもない男としたくもないキスをするのだから、そんなものかもしれない。ならば気持ちよくなってもらえるようにがんばるだけだ。

表面を舐め、絡め、快感を引きだすように甘く吸い、優しく愛撫した。

「ふ……ん、ぁ……」

次第に彼の口から気持ちよさそうな吐息が漏れる。興奮で頭が熱くなる。

何度も角度を変えてくちづけて、蕩けるようなキスを続けると、彼の身体から力が抜けてくるのがわかった。

嬉しい……。

互いの中心はすでに硬くなっている。それを擦りあわせるように腰を揺り動かすと、彼の身体が焦ったように身じろぎした。

「ん、ん……っ、ん……」

彼の頭を両手で押さえ、深々とくちづけたまま腰を擦りつける。抗議するように背を叩かれたが無視して続けていると、まもなく彼の身体が大きく痙攣《けいれん》し、背をしならせた。

そこでようやく唇を離すと、真っ赤な顔をした彼に睨まれた。

「きみね……っ」

「どうしました。もしかして、キスで達っちゃいました？」

澄ました顔で尋ね、彼のズボンをずり下ろした。予想通り、下着が濡れている。

「……しかたないだろう。もう、だいぶ我慢していたんだ」

目をそらし、ますます顔を赤くして言いわけする姿が壮絶に色っぽくてかわいらしい。

彼は自分でズボンと下着を脱ぐと、四つん這いの体勢をとった。

「その体勢、好きですよね」

「お互い、顔を見せなくて済んでいいだろう」

「……」

これはただの処理です、と言いきられている感じだ。わかっているが、胸を抉られる。

自分は顔を見ながらしたい。自分に抱かれて彼が感じている顔、達く顔を毎回この目で見届けたい。

「……それでもいいんですけど、たまには、抱きあってしたいです」

「……」

「昼間、礼をしたいと言ってくださいましたよね」

「いや、こんなことじゃなくて、もっとちゃんと……」

「俺は、こんなことが、いいんです」

マティアスがのろのろと仰向けになった。

「変な奴だな」

顔をしかめつつ、腰の下に枕をあてがっている。彼も抱かれることにだいぶ慣れてきたと思う。

「膝、抱えていてください」

頼むと、素直に従ってくれる。抱いてもらっているという負い目があるからだろう。そうでなかったらこの人が恥ずかしい格好をしてくれるとは思えない。

イェリクは彼の中心にふれ、その残滓《ざんし》を指にまとい、後ろの入り口にふれた。

「ん……」

濡れた指はすんなりと入った。なかは相変わらず狭く、熱い。丁寧にそこをほぐしながら、もう一方の手で彼のブラウスのボタンを外した。

開いた両足を自ら抱え、乳首も雄も勃たせて入り口に男の指を咥えているいやらしい姿。

見ているだけで興奮する。指で奥のいいところを刺激してやると彼が堪えきれない喘ぎを漏らす。この人のこんな姿態を見られるのは世界で自分だけだと思うと、独占欲が肥大する。誰にも見せたくないし渡したくないと思ってしまう。

自分のものでもないのに。

なかをほぐし終えたら、ズボンと下着を下ろし、己の猛りをとりだし、そこへあてがった。

「挿れますね」

彼の腰を抱えて、ゆっくりと貫いていく。

「ん、ぅ……」

彼の熱い粘膜がきつく締めつけ、吸いついてくる。最高に気持ちがいい。奥まで挿れて彼の顔を覗き込むと、眉尻を下げ、きつく目を閉じ、その眦に涙を滲ませている。色っぽく、明らかに感じている顔に、腰がぞくぞくした。

すこし開いた唇にくちづけて、指先で乳首を弄る。そうしながら腰を揺らす。

「ん……っ、ぁ……んっ」

甘い声がたまらない。抜き差しを続けると次第に快感がふくれあがり、身体中に満ちてくる。そして快感に頭も身体も支配される。

「気持ちいい……?」

キスのあいまに耳元でささやくと、その吐息にすら感じたように彼が震える。

「ん……、いい……、っ……あ……っ、もっと……奥、突いて……っ」

普段の彼からは想像もできない甘い声。息を乱し、涙を零《こぼ》しながら快感を貪《むさぼ》る彼の姿に、神経も理性も焼き切れる。腰を抱え直し、激しく奥を突いた。

奥まで貫くたびに、好きだ、と心で叫ぶ。

どうか想いが通えばいいと願いながら、その身体を抱きしめ、くちづける。

「ん……、ぁ」

唇を離して至近距離で見つめると、彼の欲情に濡れた瞳がこちらにむけられた。灰色の瞳に自分の顔が映る。

いま、彼は自分だけを見てくれている。

いまだけは、この人は自分のものだ。

想いを噛みしめながら強く抱きしめ、もういちどくちづける。

「あ、あ……や、も、達く……っ」

いちど達っているのだが、今日の彼は早かった。前を弄ることもせず、後ろへの刺激だけで達ってしまった。

しかし自分はいま、まもなく頂点というところに差しかかっていて動きをとめることができない。彼の両足を肩に担ぎ、身体を前に倒して深々と結合し、激しく腰を打ちつけた。

「あ、あっ……待て、待っ……いま、達って……っ」

余裕なく奥にある彼のいいところをがつがつ擦りあげたら、彼の全身がびくびくと激しく震え、なかも痙攣したように震えて、咥えている猛りを吸い込むような動きをする。たまらず達し、奥へ熱を注ぎ込んだ。

なかにだすと、彼がその刺激にすら感じたようにちいさく身震いした。

抱いているあいだは夢中だが、事が終わると切ない想いに胸を支配されてやるせなくなる。

身体は抱ける。だが彼の心は以前のままだ。それが苦しく、歯がゆくて。想いが心のなかでくすぶる。

落ち込む気分をごまかしたくて、ちょっとからかうように言った。

「なかにだされるの、そんなに気持ちいいですか……？」

とたん、彼が赤くなって睨んでくる。その表情がかわいくて、ついにやにやしながら言ってしまう。

「今日は前を弄らなくても、後ろだけで達けましたね」

「っ……、言うな……っ」

足で肩を蹴られた。でも加減されているので痛くはない。

すべてをなかに注ぎ終えてひと息つくと、再び抽挿を開始した。

「え……、なんで……」

「今日は急いで終わらせる必要ないでしょう。まだ俺できますし、したいです」

「そ、そうか……、んっ……、……っ」

「次ももっとたくさんなかにだしてあげます。だから隊長も、次も後ろだけで達ってくださいね」

「なんだそれ――」

彼が文句を言いかけたそのとき、扉のむこうの廊下でパタパタと走る足音がした。

「マティ、かえってきたのー」

互いに動きをとめ、息を吞んだ。

ノブをガチャガチャまわされる。

「あれー。いないのかなあ」

「へんだねえ」

扉をノックされるが、この状況を子供たちに感づかれるわけにはいかない。息をひそめ、じっと固まっていると、やがて諦めたように足音が遠ざかっていった。

鍵がかかっていてよかった……。

「危なかった……」

マティアスが脱力して額の汗を拭う。

「本当ですね」

イェリクも大きく息をつき、そして彼の足にくちづけた。

「続き、できますか」

訊きながら抜き差しを再開する。

「きみ……なんで萎えてない……、ん……っ」

ゆっくり長く抱けば、それだけ彼をこの腕に抱いていられる。せめて身体だけでも自分のものになってくれたらいいと願い、腰を揺り動かす。

ずっとおなじ体勢だと疲れるだろうと、肩に担いでいた足を下ろし、その身体を抱きしめながらゆっくりと抜き差しする。すると彼の腕が首にまわされ、足を腰に巻きつけられた。

快感に夢中で無意識の行動なのだろうが、セックスの最中にこんなふうにされたことはなかったから、嬉しくて興奮する。

「隊長……っ」

今度はゆっくりしようと思っていたのにけっきょく興奮して激しくしてしまい、二度目もすぐに達ってしまった。彼は達きそうになったときに前を自分で弄ろうとしたから、その手を押さえて奥を激しく突いたら今度も後ろだけで達けた。

楔は抜かずに抱きしめていると、呼吸を落ち着かせた彼が、ため息交じりに言った。

「きみ、普段は穏やかなくせに、こういうときはちょっとサド気質だよな」

「そうですか？」

そんな自覚はなかったが。そうだろうか。

「ではそれを検証したいので、もう一戦おつきあいください」

「嘘……」

彼は驚いた顔をしたが、抜き差しをはじめると抗えなくなったようで、けっきょくもういちど抱きあい、そしてまた後ろだけで達っていた。

6

その日、マティアスが目覚めて階下へ行くと、メイドからクッキーの入ったちいさな包みを渡された。

「今日はアン・ブリッド・デイですから」

そうか、と思いだし、礼を言って受けとる。

今日は日頃から世話になっている人に贈り物やメッセージカードを贈る、感謝の日だった。この日にプロポーズをしたり片想いの相手に告白する者も多い。

いつも通り帽子をかぶって家を出ると、朝から王都中が浮かれた雰囲気に満ちている感じがする。

世話になっている相手か……。

これまでもらうことはあっても、家族以外の誰かに自分からなにかをあげたことはなかったし、今年もなにも考えていなかったが、ふとイェリクの顔が思い浮かんだ。

関係を持つようになって三週間。毎日世話になっているのだし、彼になにか贈ってもいいかもしれないと思いつき、道を引き返して繁華街のほうへむかった。

朝早いので多くの店は閉まっていたが、今日は特別な日ということで雑貨店や菓子店は開いていて盛況だった。菓子店の前では店員が路上に立ち、小袋を入れた籠を持って販売している。菓子の詰めあわせだという小袋は片手で持てる大きさで、かわいく包装してあった。マティアスはそれをひとつ買い求め、上着のポケットへ忍ばせた。

らしくないことをしていると思い、頬が熱くなった。

買ったはいいが、いつ渡そう……。

王宮へむかって歩きながら、ポケットのなかがいやに気になり、イェリクの面影がずっと頭に浮かんでいた。

プレゼントの存在が、心を温かくさせる。

なんだか自分も浮かれた気分になったような、落ち着かない思いを抱えながら橋を渡り、王宮の門を通った直後に声をかけられた。

「マティアス隊長！　あの、これ、よかったらどうぞ！」

相手は第一中隊の若い隊員三名だ。それぞれから包みを差しだされた。

「……ありがとう」

マティアスが受けとると、三人はきゃあっと乙女のようにはしゃぎ、見送ってくれた。

近衛連隊の詰所へむかう道中でそんなやりとりが何度かあり、たどり着く頃には両手が荷物でいっぱいになった。

詰所の入り口まで来ると、その前にイェリクがいた。どこかの令嬢も一緒で、手紙を手渡されていた。

令嬢はマティアスに気づくと、恥ずかしそうに会釈して走り去っていった。

イェリクがマティアスの荷物を見て、その多さに苦笑しながら近づいてくる。

「おはようございます、隊長。お持ちしましょうか」

「邪魔したかな」

「なにがです」

「いまの……わざわざこんな朝早くから、きみを待っていたんだろう」

イェリクはマティアスの腕に山積みになっている荷物を半分引きとりながら、うつむきがちに言った。

「エグモット伯爵のご令嬢らしいです」

「エグモット伯爵?」

「先週、隊長のお父上からお話をいただいた……」

名前を聞いてもピンとこなかったが、それを聞いて理解した。あの縁談話の本人か。

父はやみくもに彼へ話を持ちかけたわけではなく、令嬢のほうがイェリクをどこかで見初めたようだと事前に聞いて知っていた。

「かわいい感じの子じゃないか」

言いながら詰所へ入る。

「どうだ。きみの好みか」

普段の自分だったらこんな立ち入ったことは訊かない。しかし気になって、気づいたら口が動いていた。

返事がないので斜め後ろにいる彼を見あげると、どこか痛そうな顔をしていた。青い瞳がなにかを訴えかけるような切実さで見つめてくる。

「どうした」

「いえ」

彼は目をそらして歩きだし、低い声で言った。

「彼女がどうこうということじゃなく、結婚とか、本当に、興味ないんです」

「そうは言っても、きみも結婚を決めないといけない年頃じゃないか」

「……そうでしょうけれど、いまは本当に、そういうことを考えられなくて」

マティアスは歩きながら、その意味を考えた。

恋人はいないと聞いている。しかし結婚は考えられない。立場上、結婚しなくてはいけないにもかかわらず、だ。

それって、誰か想う相手がいるということではないのか。

それも、結婚できない事情のある相手ということでは。

気づいたら、不意打ちで後頭部を飛び蹴りされたときのような衝撃を覚えた。

衝撃で、目の前が一瞬なにも見えなくなる。心臓もぎゅっと縮んだような気がして、荷物を抱きしめるようにして胸を押さえた。

「隊長?」

いつのまにか立ちどまっていたようで、先を行くイェリクに呼ばれた。我に返り、足を速める。

「いや……なんでもない」

自分はなにを動揺しているのだろう。

イェリクがモテることは知っていた。モテるのに恋人を作らず結婚する気もないのは、好きな人がいるからに決まっているじゃないか。片想いなのか、それとも相手が既婚者など事情があるのか知らないが、つまりはそういうことなのだ。

確認したいような気もしたが、野暮な気がしてやめておいた。

なぜだかわからないが、動揺が収まらない。

もやもやする気持ちとたくさんの荷物を抱えて更衣室へ入り、荷物を空き箱にまとめて入れておく。

残ったのは、上着のポケットに入れた包み。

いまならば更衣室内に人目もなく、渡すことができそうだった。だが、渡すことなく上着ごとロッカーにしまった。

浮かれた気分はすでにどこかへ行ってしまった。

大好きな仕事がはじまるというのになんとなく気力が湧かず、集中力が散漫になる。落ち込んだまま浮上しない気分を持て余しつつ仕事に突入し、表面上はいつも通りこなし、休憩時間になる。

食堂では久々にイェリクが自分のむかいの席にすわった。と思ったら、すぐに外から呼びだされて席を立っていった。

窓の外、中庭に目をむけると、いつもは人気のないそこに、女性の姿がちらほら。そのうちの数人が急におなじ方向へむかっていくので目で追うと、その先にイェリクがいた。

女性たちが次々に彼に贈り物を渡していく。

イェリク、笑顔で受けとってる……。

女性にとり囲まれて、贈り物を渡されている彼の姿を見ていたら、胸のもやもやが大きくふくれた。

繰り返すが彼がモテるのは知っている。

それなのにどうしてこんなに苛々するのか。

いますぐあそこに駆けていって、令嬢たちにむけて、これは私のだと主張したい気分になる。

「――って。え?」

すぐにはっとした。

いま、なにを思った?

自分が考えたことに驚き、マティアスは口元を覆った。

「うん?　どうした」

となりにいるホーカンが目をむけてきた。

「なんでもない」

とりあえず答えたが、なんでもないことではないような気がする。自分はいま、とんでもないことを考えなかったか?

この感情って、なんだ。

まさか――やきもち?

自分は、やきもちなんて焼いているのか?

嘘だろう?

なぜイェリクにやきもちなんて焼くんだ?

うろたえていたら、イェリクが戻ってきた。腕にいくつもの荷物を抱えている。

どうしよう。

どんな顔をして彼を見たらいいのかわからない。

いま目があったら、きっと顔が赤くなる。いや、もうすでに赤いかもしれない。

うつむいていると、彼が前に立った。

「よお、色男」

ホーカンがからかう。イェリクはそれに軽く笑って首を振った。

「これ、俺にじゃありません。隊長にですよ」

マティアスは彼の腕に抱えられた荷物へ目をむけた。

ホーカンが尋ねる。

「隊長？　なんでおまえが呼びだされたんだ」

「隊長に直接渡す勇気がないから、代わりに渡してくれって」

「なんだそりゃ。せっかく直接話せる機会なのに」

「隊長。更衣室へ置いておきますね」

イェリクが食堂の出口へむかう。その後ろ姿を見送って、マティアスは脱力してテーブルに突っ伏した。

ああ……。

イェリクにじゃ、なかったのか……。

急速に、胸にふくらんでいたもやもやが収まる。そしてあとに残った感情が姿を現した。

その感情の名前に気づき、顔が熱くなる。

「隊長、どうした」

ホーカンがふしぎそうに呼びかけてきたが、答える余裕がない。ちょっとそっとしておいてほしい。

イエリクはすぐに戻ってくるだろう。それまでに気持ちを立て直せるだろうか。いつも通りの自分をとり繕えるだろうか。

自信がない。

どうしよう。いっそ逃げだしたい気分だ。

「隊長」

今度はホーカンではない、違う隊員に呼ばれた。放っておいてほしいときに限ってこうだ。

「……なんだ」

「隊長、王太子殿下がお呼びですが」

王太子と言われて気持ちが切り替わった。顔をあげ、立ちあがる。

「場所は?」

「殿下のお部屋です」

「わかった」

王太子の呼びだしか。なんだろう。

王太子の部屋は正殿の三階にある。堅牢《けんろう》だが簡素な作りの詰所とは別世界のようにきらびやかな正殿の階段を上り、王家居住区の一室、王太子の部屋を訪れた。

「やあマティアス。来たか」

室内へ通されると、広い応接間のソファで王太子がひとりで待ちかまえていた。

いや。ひとりではない。

王太子の足元には猫用の檻《おり》が置かれており、そのなかには。

あの、しっぽが二股の黒猫が入っていた。魚らしきものを夢中で食べている。

「っ！　化け猫！」

マティアスが驚きの声をあげると、王太子が満足そうににやりとする。

「やっぱりこれが、おまえが言っていた猫か」

「殿下、なぜこれがここに」

「おまえが、見つけたら知らせろと言っていただろう。兵士に探させて、捕まえてやった」

「ありがとうございます！　どこにいました」

「漁港近くの市場で見つけたと言っていたな」

やっぱりあそこにいたのか。

マティアスは籠の前に跪き、覗き込んだ。

「黒猫。おまえ、ちょっと聞きたいことがあるんだが」

呼びかけると、妖猫は魚から口を放して顔をあげた。

「あら、あなた、どこかで見たことある顔ね」

マティアスは帽子を脱いで猫耳を見せた。

「三週間前、カラスから助けた者だ。雌猫のフェロモンやら猫耳やらしっぽやらをつけられた」

「ああ、そういえば、そのときの人ね。その後どう？　無事に童貞は卒業した？」

「……。すべて元に戻してほしいんだが」

妙な効果しかなかったことを責めてもよかったが、そのことに言及しても話が脱線するだけなので、切実に伝えたいことだけを口にした。

「あら、どうして？　うん？　あら、もしかしてまだ童貞のままじゃないの？　なのに戻してほしいなんて。効果なかったなんて、おかしいわね」

毎日イェリクと抱きあっているが、自分は抱かれる側なのでまだ童貞と言えば童貞か。

それにしても王太子も聞いているのに童貞童貞言わないでほしい。彼に弱みを握られたら、後々までからかわれる。

「いや、そういうのは求めてないし、困っているんだ。頼むからすぐに元に戻してほしい」

「元に戻すことはできないわ」

「え」

「だって、噛んだでしょう。あたしの妖力入りの唾液があなたの全身にまわっちゃってるもの。吸いだすことなんてできないわ」

返事を聞いて絶句した。まさか一生このまま？

不安と絶望に襲われた。が、妖猫が続けた。

「でもそのうち妖力が体外に排出されて、自然と元に戻るわよ」

「そのうちって、あとどれくらい？」

「そうねえ。人によるでしょうけれど、噛んでからひと月前後じゃないかしら」

ということは、あと一週間ほどで元に戻れるのか。

「よ、よかった……」

ほっとして力が抜ける。

「知らなかった。おまえ、童貞だったのか」

王太子がにやにやしながら話しかけてきた。案の定、早速からかわれた。マティアスは赤くなって立ちあがる。

「べつにいいでしょう」

「ああ、もちろんだ」

王太子も立ちあがり、マティアスに近づいた。

「猫耳のことしか聞いていなかったが、その童貞の話はいったいなんだ?」

よけいなことは言いたくなくて黙ったら、代わりに妖猫が喋った。

「この人、童貞だから、童貞卒業させてあげようと思って、あたしの妖力で雌猫のフェロモンを仕込んであげたのよ」

「ほう……フェロモンか。もしかして、この甘い匂いのことか?」

「そうよ」

「そうか。そういうことか……」

王太子の腕がマティアスの腰にまわされた。

「殿下?」

「この匂い……嗅いでいると、押し倒したくなるんだよな……なあ、そういうことなら、ちょっと相談だ。俺としてみないか」

マティアスはぎょっとした。

「してみるって……」

「うん? わからないか? 教えてやるから寝室へ行こう」

「いえ殿下、そういうのはですね。殿下には王太子妃殿下という方がいらっしゃいますのに、冗談にもほどがあります」

「妃《きさき》はね、俺の恋愛を容認しているからいいんだ。知っているだろう」

「しかし」

相手は王太子。問答無用で打ち倒すわけにもいかず、困ってじりじり後ろへ下がるが、そのぶん相手も迫ってくる。

「童貞卒業したいんだろう。俺が相手じゃ不服か」

「殿下、私に抱かれてくれるんですか」

「違う。俺がおまえを抱く」

「じゃあ私は童貞卒業できないじゃないですかっ」

「そうか？　どっちだって抱きあえば卒業ということになるんじゃないのか。試してみようじゃないか」

「いや、そもそも私は卒業したいと思っておりませんし、私は殿下とは今後もよき友人でいたいので、そういうことは……っ」

「抱きあったって、友人だ」

王太子が唇を寄せてくる。マティアスはその身体を押し返した。

「いえいえ、絶対気まずくなりますからっ！　あと一週間もすれば私の身体は元に戻りますから！　そうしたら、なぜあんなことをしたんだろうって絶対後悔しますっ！」

「あと一週間。ならば、効果が消える前に、いますぐしよう。通常とどう違うかやってみよう」

「殿下っ！　どうか考え直してください！」

ぎゃあぎゃあと押し問答をしていて、妖猫のことを忘れていた。

「ごちそうさま。おいしいものをたらふくいただいたし、そろそろ帰るわね」

声のほうを見ると、檻に入っていたはずの妖猫はいつのまにか檻の扉を開けて部屋を歩いていた。

「じゃあね」

「あ、待て！」

王太子が猫を呼びとめる。

「おまえにはまだ頼みたいことが……っ」

なにを頼むつもりだよこの人と思いつつ、マティアスは妖猫のあとを追った。マティアスとしても、一週間経過しても元に戻らなかったときのために、どこへ行けば会えるのか聞いておきたい。

妖猫はノブにジャンプして扉を開けると、するりと廊下へ出る。

「その猫を捕まえろ！」

廊下には第一中隊の隊員がふたり、警備に立っている。命令を受けて捕獲を試みた彼らだったが、妖猫の素早さに対応できず、とり逃がした。

妖猫は初めて会ったときにはおぼつかない足取りだったのに、今日は素早い。あのときは怪我《けが》でもしていたのだろうか。

妖猫は廊下を駆け、階段を下りていく。マティアスと王太子、近衛兵もあとを追う。

「その猫を捕まえてくれ！」

「王宮から逃がすな！」

近衛兵のひとりに近衛連隊全体への伝令を指示し、途中で出会った人々にも猫を捕まえろと叫んで追いかける。

まもなく近衛連隊が動きだし、王宮全体が騒然となった。

妖猫はからかうように兵士たちをかく乱して正殿内を走りまわる。

「そこだ！」

「あっちへ行ったぞ！」

完全に遊ばれている状態だった。やがて猫が外へ飛びだし、鬼ごっこは庭へと移る。

不審者など、対人間戦だったらいかんなく能力を発揮できる近衛連隊なのだが、猫を相手にしたことはかつてなく、すばしこい相手に兵士たちは苦戦していた。

「捕獲用の網を持ってこい！」

第四中隊の隊長が大声で部下に命令しているのが聞こえた。すると、それをどう聞き間違えたか、マスケット銃をかまえる隊員がいた。

隊員だけでなくメイドや侍従、貴族など王宮で働く者たちが猫捕獲のために庭へ出て、入り乱れているこの状況で銃など――。

「ばか、撃つな！」

叫ぶが、周囲の騒音で聞こえていないらしい。

「くそっ」

とめようとしてその隊員のほうへむかっていくと、自分の部下たちの姿が目に入った。指揮しているのはイェリク。

銃をかまえる隊員とイェリクのあいだを猫が駆け抜ける。銃をかまえる隊員は猫しか見えていないのか、銃口のむきが猫とイェリクに重なった。気づかせるためにマティアスはとっさに石を拾って投げたが外れた。まずい、と思ったが猫はこちらに駆けてきて、イェリクからそれた。よかったと胸を撫で下ろしたのもつかの間。

「隊長！」

イェリクがこちらに気づいて走ってくる。今度は猫と自分、銃口が重なった。まずい。

「隊長！」

隊員が引き金を引く。瞬間、イェリクが自分を突き飛ばす。

マティアスは絶叫した。

「やめろおっ‼」

銃声が庭に轟《とどろ》く。突然の銃声に一同が驚愕《きょうがく》し、静寂が辺りに広がる。イェリクが左腕を押さえてその場に膝をついた。

「イェリク‼」

頭が真っ白になり、イェリクが撃たれたということしか考えられない。

マティアスは跪いて彼の肩を摑んだ。彼の右手が押さえているのは左上腕。見る間に青い隊服に血が広がっていく。

太い血管を損傷したかもしれない。

己の顔から血の気が引いていくのがわかった。指先が震える。

イェリク、イェリク、イェリク！

彼は強く腕を押さえ、歯を食いしばり、痛みを堪えている。

「誰か剣をよこせ！　イェリク、服を切るぞ！　弾は貫通しているか？　止血するぞ！」

剣を受けとると乱暴に彼の隊服を切り裂き、出血部位を布で縛って止血する。

かつて射撃訓練中に、新人兵が誤って仲間の足を撃ってしまったことがあった。あのときは冷静かつ迅速に応急処置を施し、対応することができた。しかしいまはどうだ。

本来ならイェリクの手当てはほかの隊員に任せ、自分は隊を指揮し、捕獲対象を追うべきだ。なのに猫のことなど頭になかった。とり乱した顔で必死に手当てをしている自分を、隊員たちがどう見ているかなどということも念頭にない。イェリクのことしか考えられなかった。

「だいじょうぶ、だいじょうぶだ。腕なら死なない」

腕を撃たれて死亡した事例がいくつも脳裏をよぎるが、それを打ち消すように口にだす。イェリクを励ますというより、自分に言い聞かせていた。

やがて担架がやってきて、イェリクは詰所の医務室へ運ばれた。あとのことはホーカンに任せ、マティアスも医務室へむかった。

医師による処置を廊下で待つあいだ、生きた心地がしなかった。

やがて処置が終わり、部屋から出てきた医師に状態を訊くと、銃弾は腕の外側表面を抉るように通ったようで、見た目の出血はひどかったが、大きな血管や骨の損傷はないという。化膿《かのう》さえしなければ大きな心配はなさそうだった。

よかった……。

医師とその助手を見送り、医務室へ入ると、ベッドに横たわるイェリクがいた。彼はマティアスを見ると上体を起こした。

「こら、まだ起きるな」

とめようとして慌てて駆け寄るが、彼はだいじょうぶだと言ってベッドの背もたれに上体を預けた。

「お恥ずかしいです。かすり傷で大げさに運ばれて」

上半身裸の身体に白い包帯が痛々しい。

「かすり傷じゃないだろう。銃で撃たれたんだ。大怪我だ」

「医師にはかすり傷と言われましたよ」

「すぐに死にいたるほどじゃないというだけだ。あの人はいつも軽く言う」

マティアスは枕元に立ち、その顔を見つめた。いつもより血の気のない顔だが、それ以外は変わらない。穏やかな表情。まっすぐな瞳。

それを確認したら力が抜けた。横に置かれた椅子に腰を下ろし、深く息をついた。

「……無事で、よかった……」

この男を失わずに済んでよかったと、心から思う。

撃たれたとわかったとき、本当にどうしていいかわからないほどとり乱し、死ぬなと必死に願った。

そしていま、思う。

この男が好きだと。

その想いで心が満ちている。

なぜ自分が男の部下を、などという疑問や狼狽《ろうばい》は、いまはまったく生じなかった。心はすんなりとその事実を認め、受け入れていた。

撃たれる前、彼が令嬢たちからプレゼントをもらっている姿を見て嫉妬し、もしかして自分は彼が好きなのかもしれないと感じていた。そして、撃たれたときの自分のとり乱しぶり。それが決定打だった。これがべつの相手だったら、死ぬような怪我じゃないと一目見て判断できただろうし、冷静に対処できただろう。

これはもう認めざるを得ない。

自分はこの男が好きなのだ。

心を込めて、礼を言う。

「助けてくれて、ありがとう。感謝する」

イェリクが照れたような顔をした。

「隊長に怪我がなくて、よかったです。ご心配をおかけしました」

「ああ……心配した」

「その後、猫捜索の状況はどうなりましたか」

「逃げられたらしい。いちおう、第一と第三が捜索を続けているそうだが」

廊下で待っているあいだに部下が報告してくれたのだった。第一と第三以外はすでに通常業務に戻っている。

「そうですか……。猫耳がそのままということは、隊長は猫と接触できなかったんですか」

「いや。それが、話せた。私の身体はあと一週間もすれば自然に元に戻るらしい」

「え……あと一週間……？」

イェリクが驚いたようにマティアスの顔を見つめた。

「ああ。個人差があるようだが、だいたいそんなものだと思ってくれるといい。もうすこしの辛抱だ」

にこやかに報告するマティアスに対して、イェリクは呆然とした表情をしていた。

「だからきみも、悪いがもうすこしのつきあいだと思って――って、いや、怪我人につきあわせるわけにはいかないな」

そうだった。重傷を負ったイェリクは当分安静にしなくてはならない。セックスの相手などという激しい運動をさせてはならないだろう。

「あと一週間だけだし……ええと、まあ、どうにかなるだろう」

ほかにあてなどないし、どうにかなるともあまり思えなかったが、怪我人に心配をかけまいと明るく言った。

「さて。きみの家にも連絡したから、そのうち家の方が来るだろう。そろそろ仕事も終わる時刻だし、みんなもきみの具合を心配しているだろうから、私は仕事に戻る。あ、その前に、なにか必要なものはあるか」

立ちあがりかけたとき、腕を摑まれた。

「待ってください。いまはもう夕方ですか」

マティアスは窓のほうへ目をむけて頷く。

「そうだな。そろそろ陽が暮れる」

「隊長の具合は、どうなんです。我慢が利かなくなる頃ではないですか」

「それは……。きみはよけいなことを考えなくていい。休んでいなさい」

正直に言えば、彼の顔を見て安心したとたんに性欲を自覚していた。いまも急速にふくれあがってきている。

それは口にせず、彼の手をほどこうとした。しかし彼は手を離そうとしない。強い瞳をむけられる。

「どうするつもりです」

「まだ考えていないが、どうにかする。だから心配しなくていい」

「俺じゃない誰かに、抱かれるつもりですか」

「……まあ……そう、だな」

考えたくないが、そうするよりないだろうと思う。

認めたら、見つめる瞳に熱がこもった。腕を掴む手が、痛いほど力を込めてくる。

「俺ならだいじょうぶです」

強い力で腕を引かれ、マティアスは彼の胸に倒れ込んだ。とっさに、彼に負担をかけないようベッドへ片手をつき、身体を支える。

「おい、無理しなくていい」

「無理じゃありません。かすり傷です」

怒ったような低い声で断言された。

「いやいや、だめだろう。安静にしないと」

体勢を戻そうとしたが、抱きしめられて、巻き込まれるようにベッドに倒れ込んだ。上に乗られ、身体で押さえ込まれる。本気で逃げようと思えばできたが、相手は怪我人だと思うと抵抗できなかった。

「では、無理せず安静に抱きます」

「無理だろそれ――」

キスで唇を塞がれた。

舌を差し込まれ、熱く湿ったそれで自分の舌を舐められると、とたんに甘く痺れるような快感が広がり、身体から力が抜けた。

さすがに撃たれた直後の彼に相手をさせるわけにはいかないと思う。しかし彼とのキスは気持ちよすぎて、抵抗する気になれない。深く唇をあわせ、舌を甘く吸われ、蕩けるように愛撫されると生理的な涙が溢れ、頭がぼんやりしてくる。先週初めてキスをされてから、もう何度もしている。自分たちの関係でキスをするのは違う気がしていたのだが、そ

れはおかしいと彼に言われ、そういうものかと素直に従って受け入れたら想像以上に気持ちがよくて、拒む理由がなくなった。いまは彼への想いを自覚したからよけい拒めない。気持ちを抑えきれずに自分からも舌を伸ばし、彼のそれに絡めると、表面も裏側もいやらしく愛撫され、頭も身体もぐずぐずに溶けた。さらに快感を引きだすように猫耳にもふれられて、自然と身体の熱があがり、我慢できないほど興奮する。

「ん……ふ……」

息があがり、気持ちよくて甘い声が零れてしまう。

唇から唾液が溢れるのもかまわずキスに夢中になっていると、下着の隙間に手を入れられ、兆しはじめた中心を握られた。

「あ……だめ、だ……って……」

もう、どこをどうされたら感じるのかすべて知られている。絶妙な力加減で刺激され、快感で身体が震えた。さすがにこれ以上はまずいと思うのだが、身体は欲望に従順で、抵抗しようとしない。

「だめじゃないです」

イェリクは断固として言い、片手でマティアスのズボンを押し下げて中心を引きずりだすと、躊躇せずそれを口に含んだ。熱い口腔《こうこう》に含まれ、唇で扱かれながら吸われ、舌先で先端を弄られる。

「ぁ……ん……っ」

たまらなく気持ちよくて、快感を堪えてシーツを握りしめた。

「俺以外の誰かにあなたが抱かれるなんて……冗談じゃない」

先ほどから彼はなぜ憤っているのか。まるで嫉妬のような物言いをされ、困惑する。彼は男を抱く趣味はない。つまり男は恋愛対象ではないはずで、嫉妬などするわけないのに。よくわからないが、どうしても自分を抱こうという強い意志は伝わってくる。

「腰、あげてください」

彼の手が後ろを探ろうと試みるが、衣服が邪魔をして難しいようだ。怪我で左手を使えないため、いつものようにはいかない。

よくないことだと思うが、もう自分は強い態度で拒むことはできそうにない。積極的に抱きあうのは彼の怪我を思うと躊躇するが、かといってこのまま消極的でいては彼に負担を強いる。

マティアスは諦めて彼の髪を摑んだ。

「わかった、わかったから、ちょっと、待て」

身を起こし、快感で痺れる指をどうにか動かし、自分でズボンと下着を脱ぐ。

「せめてきみが楽なように、しよう。動くから、指示してくれ」

「では、俺を跨いでくれますか」

イェリクは自分の背中に枕やクッションを当て、上体を斜めに起こした格好をとった。

マティアスはその彼の足のほうをむいて四つん這いになる。すぐに濡れた指と舌が入り口に入ってきた。ちゅく、といやらしい水音が立つ。入り口をほぐされ、なかを刺激され、快感で姿勢を保てなくなり肘をついた。いや、肘をつくつもりだったが、腕の長さが足りず、尻だけをあげる格好で上体は彼の上に寝そべる形になった。顔は彼の脚の付け根。

つまり目の前に、彼の股間がある。ズボンがきつそうに盛りあがっているのが目に余り、ベルトを外してやり、ズボンと下着をずらすと、逞しいものが姿を見せる。

目の前にそびえるそれを無視することはできず、恐る恐る握り、擦ってみた。

熱くて、硬い。自分のそれとはだいぶ形が違う。

思えば彼のそれにふれるのは、二度目に抱かれたとき以来だ。あのときはちょっとふれただけなので、刺激するのはこれが初めてだった。

すこし擦ると、硬度が増した。後方から興奮した息遣いが聞こえてくる。

イェリクのは自分のものよりも大きく、血管が浮き出た卑猥《ひわい》な形をしている。いまからこれが自分のなかに入り、気持ちよくしてくれるのだと思うとひどく興奮し、心臓が痛いほど鼓動した。

どうしよう……。

目の前で眺めていると、なんだか、舐めてみたい気がしてきた。イェリクが撃たれたときに味わった恐怖、それから解放された気の緩み、そしていま与えられている快感。短時間で様々なことがあったが、その負荷により、頭のねじが緩んでいるかもしれない。

彼はさっき、自分のものを咥えてくれた。それを思いだしながら舌をだし、先端をぺろりと舐めてみる。

「っ……、たいちょ……」

イェリクが気持ちよさそうに、半ば驚くように声を漏らした。

後ろから与えられる快感で思考力が低下している。あまり考えることなく口に入れてみた。大きすぎて、先端ぐらいしか入らなかった。いつも自分はこんな大きなものを挿れられて、よがっているのかと改めて驚きつつ、舌を動かす。

「……ん……ふ」

彼のやり方をまねするように舌で圧をかけ、吸うようにすると、苦い味が口中に広がった。口に入らない部分は手で扱くと、さらに硬く大きくなる。大きすぎて苦しいが、その変化が嬉しく、興奮した。

「っ……、隊長……もういいです。こっちをむいてください」

後ろを弄る指が引き抜かれた。

振り返ると、イェリクはひどく興奮し、顔を紅潮させていた。

「乗れますか」

「ん」

むかいあって跨り、彼の猛りの上に腰を下ろす。圧迫感に眉間を寄せ、深く息を吐いて慎重に迎え入れていく。

たったいままでそれを咥えていたから、血管の浮き出た様子や先端の張りだした形、その太さなど、形状が詳細にいたるまでまぶたに浮かび、それが自分の粘膜に包まれている様子がつぶさに想像できてしまって身体が熱くなる。

すべてを収めると抱き寄せられ、彼の胸に倒れ込んだ。その体勢で、腰を揺すられる。

「ん……っ、あ、ぁ……っ」

すぐに快感がほとばしり、堪えきれずにうわずった声があがる。彼の首に腕をまわして抱きつき、必死に快楽を貪った。

「あ、あ……っ」

抜き差しは激しくはない。けれど、もっとも感じる場所をぐいぐいと強く突かれ、快感が腰を突き抜け、身体がどろりと溶け落ちる。

もっとほしくて、自分からも腰を揺らした。興奮で熱があがり、全身から発汗する。相手は怪我人。加減をしなくてはと思うのに、快感を追うことに夢中になり、彼の背に強く指を食い込ませてしまう。

「イェリク……っ」

快感の波が大きく押し寄せてきて、無意識に彼の名を口走った。とたん、身に収まる猛りが硬度を増したのを粘膜に感じ、彼も限界が近いのを感じた。

「隊長……っ」

下から強い突きあげが来そうな予感に身がまえたとき、後頭部に手を添えられ、くちづけられた。

唇を塞がれたまま下から突きあげられ、快感の大波に襲いかかられ、呑み込まれる。

脳髄まで痺れるような快感に浸りながら達くと、ほぼ同時にイェリクも奥に熱を放った。

「――っ」

頭からつま先までびくびくと震わせながら快感に浸り、深いくちづけを続ける。

彼の熱を粘膜の奥に浴び、欲望が徐々に収まっていくのを感じたが、身体を離したくなかった。くちづけも終わらせたくない。彼もそう思っているのか、後頭部に添えられている手が外される気配はなく、くちづけは続いている。

「は……ん……」

甘えるような吐息を零しながらキスを繰り返し、しかし、頭の隅で、いいかげんにしないといけないとも思う。彼の身体のこともあるし、部屋に鍵もかかっていない。イェリクの様子を見に、誰かが来るかもしれない。

しかたない。名残惜しく思いつつも身体を離そうとした、そのとき。身体がほのかに熱くなり、発光したような気がした。

「ん？」

なんとも言いようのない、奇妙な感覚を覚えた。耳としっぽが生えている辺りがむずむずするような感覚もある。

イェリクから身体を離しながら頭をさわってみる。すると。

「……ない」

猫耳が消えていた。代わりに元の位置に人間の耳があった。しっぽはどうかと尻をさわると、こちらもなくなっていた。

「なくなってる……な……？」

イェリクに確認すると、彼は驚いた顔をして頷いた。

「消えましたね……」

いちおう鏡を確認したくなり、マティアスは手早く衣服を整えた。壁際の机に手鏡があったのでそれを覗き込むと、猫耳もしっぽも消えていた。

「よかっ……たぁ……」

万感の思いがこもった声が出た。両こぶしを掲げ、天井を見あげて喜びを表現する。

「あと一週間のはずだったのでは……」

イェリクの戸惑ったような声が聞こえ、はっとした。

そうだ。

猫耳やしっぽが元に戻ったということは、フェロモンも元に戻ったはずだ。

つまり、彼ともう、抱きあうことはなくなる。互いに望んではじめたことではない。必要がなくなれば、この関係も元に戻るのだ。

その事実に気づいたとたん、心のなかにこれまで覚えたことのない動揺が走った。

どうしよう、と思った。

でも、どうしようもない。

イェリクがこちらを見ている。

マティアスは動揺を押し隠し、表面上はいつも通りの態度で振る舞った。

「そうだな。でも人によるという話だったから、私の場合は早く収まったということだろう」

聞こえているはずなのに、彼はどこか呆然とした顔をしていた。

「どうした。なにかおかしなことでもあるか?」

「いえ……」

「早めに元に戻ってよかった。これでもう、きみに迷惑をかけなくて済む。本当にいままでありがとう。また後日、改めて礼をさせてくれ」

ちょうどそこに隊員二名が様子を見にやってきた。イェリクの家の者も一緒だ。もうすこしだらだら抱きあっていたら危なかった。

　イェリクの具合についてひと通り話したあと、隊員のひとりが猫耳がないことに気づいた。

「あれ、隊長。猫耳はどうしたんですか」

「いま、なくなったんだ」

　イェリクとの関係はさておき、猫耳がなくなったことは素直に喜ばしいのでご機嫌で答える。

　隊員がさらに気づいたように言う。

「隊長の身体から、いい匂いもしなくなりましたね」

　フェロモンの匂いも消えたらしい。近づいても隊員が妙なまねをすることはなかった。

　これで以前の生活に戻れる。新人兵たちがマゾ化することも、王太子に迫られることもなくなる。

　そう思うとほっとした。

　だが心からすっきりとはしなかった。イェリクに毎日抱かれる必要もなくなったことを思うと、ちいさな棘《とげ》が抜けないように心の隅が疼いた。

　隊員たちと話しながらイェリクのほうを窺うと、彼の青い瞳が静かにこちらを見つめていた。

「二週間経ちますし、明日からは通常業務に戻りたいと考えているのですが」

その日の業務を終え、更衣室へむかっていたとき、イェリクが近づいてきて言った。

「医者はなんと言っている」

「傷も塞がったので、だいじょうぶだと。順調に回復していて、もう痛みもありません」

撃たれたあと、イェリクは一日休んだだけで、翌日から仕事に復帰した。まだ出てくるなと言ったのだが、彼はかすり傷だし身体がなまるからと言って聞かない。自分がおなじ立場だったらおなじように言うだろうと思うし、しかたがないので今日までは事務や軽作業をさせていた。

完全に治癒したわけではなかろうが、医師の許可があるならそろそろ身体を慣らしていいのだろう。

「わかった。では明日から以前とおなじようにお願いする。だが無理はするな」

マティアスがそう言うと、彼は肩を並べて歩きだした。

この二週間、彼とは指一本ふれあっていない。

それと同時に彼との会話が極端に減った。

以前は仕事中ほぼ一緒にいたのだが、いまの彼は詰所で事務作業をしていることが多く、そばにいる時間が減った。昼食もおなじタイミングでとれなくなった。

だからこうしてふたりで歩く機会は久々で、なにか話したいと思うのだが、舌が動かない。

話したいことはたくさんある気がするのだが、もっとも言いたいけれども言えない言葉が出口を塞いでいて、それ以外の言葉が出てこない感じだ。

イェリクもなにも話さない。彼の口がすこし開き、なにか話すかと思いきや、しかしなにも言わずに閉ざされる。

重い空気を感じながら、けっきょく互いになにも話さぬまま更衣室についてしまった。

そこからはそれぞれほかの隊員に話しかけられ、完全に話す機会を失った。

家へ帰るといつものようにオーケとアーネが待ちかまえていて、ふたりと遊ぶ。

「ねえマティ、イェリクにいちゃん、こないね」

「いつくるの？」

ふいに尋ねられ、ちょっと動揺する。

「ええと、当分来ないかもな」

「どうして？」

「ええと……ちょっと怪我をしたんだ。しばらく安静にしてないといけないから」

ここへ来ない理由はそんなことではないが、子供に本当の事情は言えない。苦し紛れに言ったら、ふたりは驚き、心配しだした。

「え、だいじょうぶなの？」

「じゃあ、おみまいにいかないと」

「いや、仕事には来ているし、お見舞いは必要ない。そこまで重症じゃないから」

「じゃあどうしてうちにこないの？」

「どうして？　ねえどうして？」

よけいなことを言うのではなかった。

「そうだな。元気になったらそのうち来てくれるだろうから、待っていなさい」

待っていても、もう来ることはないだろう。

真実を伝えることができず、適当なごまかしを子供に言っている自分に嫌気がさす。

「もしかして、マティがネコじゃなくなったから、こなくなったの？」

急に核心を突かれて、どきりとした。

「あー、そうかもな」

「じゃあ、マティ、またネコになればいいよ」

「そうだよ。かわいかったもん」

「いや、うん……考えておく……さあ、夕食ができたようだ」

考えたところで猫になれるものではないが、適当なことを言ってふたりと食卓へむかった。

夕食を済ませて自室のベッドに横になると、深いため息をついて目を瞑った。

このところ、この寝つくまでの時間が憂鬱な気分になる。下手をしたら、猫化していた頃よりもいまのほうが鬱かもしれない。

以前は恋愛などしなくても充分満たされた生活で、それ以上求めるものなどなにもないと思っていた。

けれどいまは、満たされない。

満たされている生活に戻ったはずなのに。

イェリクが、足りない。

知ってしまったら、もう知らなかった頃には戻れなかった。

相手を好きだと自覚したとたんに身体の関係を解消することになるとは、運が悪いというかなんというか。

ふれあったりしていなかったら、きっと自分はいまでも自分の気持ちに気づかず過ごしていただろう。

どうせ報われない気持ちならば、気づかぬままでいたかった。

ふれあうようになったから好きになったわけではなく、その前から自分は彼が好きだったのだと、いまはわかる。

他人に無関心な自分が、彼だけはいつも気になっていた。

あの青い瞳に見つめられるのが苦手だと思っていた。自分からそらせなくなるから困るなどと思っていた。それはつまり、あの瞳に惹《ひ》かれていたというだけのことだ。なんてことはない。なぜ気づかずにいられたのかふしぎなほど答えは明確に己の内にあった。

だから真っ先に彼に抱いてほしいと頼んだのだ。ホーカンや王太子など、考えもしなかったし、迫られても、とてもそんな気になれなかった。

「……ばかだな……」

本人の前ではとても言えないが、想いが溢れて苦しくなり、ひとりで呟く。

「好きだ……」

恥ずかしいことだが二十九にもなって恋をしたのは初めてで、この気持ちとどう折りあいをつければいいのかわからない。

この歳になって恋をするなんて、思ってもみなかった。

もちろん本人には言えない。

彼は男は好きではないはずで、上司の権力を使って抱いてもらっていたのだ。好きだなんて伝えたら、迷惑極まりない。

正直、自分を抱くときの彼は、命令されて嫌々、というほどでもなかったように思える。むしろ楽しんでいるふうにも見えた。けれどもそれはあくまでもこちらの主観であり、都合のいい解釈かもしれない。立場が下の彼としては、嫌な態度を見せられなかっただけかもしれない。

告白などしようものなら、さらなる性的嫌がらせと受けとめられて、退職されてしまうかもしれない。それは困る。

「はあ……」

ため息しか出ない。

この、自覚した気持ちの対処法も悩みの種だが、困っていることはもうひとつある。

周りの者は自分に近づいてもおかしな行動を起こさなくなったし、フェロモンの作用は完全に消えたはずだ。それなのに、彼を想うと身体の奥が疼くのだ。

以前は性欲に悩まされることなどなかった。溜まったらちょっと前を自慰すれば済んだのに、いまはほぼ毎晩、身体が熱くなってしまう。それも、前ではなく後ろが疼く。

これはフェロモンのせいではなく、彼に毎日抱かれていたためだと思う。

身体が彼を覚えてしまった。

どうしても我慢できないほどではない。でも、後ろが疼くたびに彼に抱かれていた頃のことを思いだし、やりきれない気分になる。

彼にふれたい、と思う。

でもふれる理由がない。

こんな思いをするならば、元に戻らなくてもよかったかもしれない。

心を得られなくても、身体だけでも。せめてもうすこし関係を続けられたら、と思ってしまう。続けたらきっとむなしくなるだろうし、彼にも迷惑をかけるだけとわかっている。

でも。

もういちど、妖猫に嚙みついてくれと頼みに行きたいような気分になる。

先ほど甥たちが猫になれと言っていた言葉が思いだされる。

猫になったら、また抱いてもらえるだろうか……。

しかし頼みたくても妖猫の行方はわからない。

べつに本当に、また嚙まれる必要はないのか、とふと思う。後遺症が続いているとでも言って頼もうか。しかし二週間もあいだが空いているのに、それもいまさらか。

とりとめもなく彼に抱かれていた日々のことを思いだし、猫探しのためにデートまがいのことをした日を思いだす。そのときに目にした猫耳のカチューシャが脳裏をよぎった。

あのカチューシャをつけて、また症状が出たと言えばいいだろうか。

精巧にできていたから、本物に見えるかも……。

「……。バカか、私は」

くだらないことを考えてしまった。

マティアスは疼く後ろにふれてみた。自分でしたところで快感は得られない。彼のものがほしかった。ため息をついて前を握り、むなしい気分を抱えて自慰をした。


「バカか、私は……」

翌日午後、マティアスは己の手にしたものを見て、自分に絶望していた。

手のなかにあるのは猫耳のカチューシャ。バカか、やめろと心のなかで叫んでいたのに
身体はとまらず、仕事を抜けだして例の店に足を運び、カチューシャを買ってしまった。

どうするつもりだ。本当にこれを頭にして、イェリクに迫るつもりか。

バカだろう。バカとしか言いようがない。呪われろ自分。

そう思いながらも買ったカチューシャを捨てることもできず、現在、更衣室でひとり、
カチューシャを睨んでいるところである。

「……」

猫耳は精巧にできており、ぱっと見、偽物には見えないかもしれない。

値段も張った。このまま捨てるのももったいないしなと思い、誰もいないことを確認し、
おもむろに頭につけてみる。

更衣室の扉横にある姿見を見ると、やっぱり本物とは違う。偽物っぽさを感じる。

それはそうだ。なにをやっているんだと自分に呆れながらカチューシャを外そうとした

とき、いきなり入り口の扉が開いた。

入ってきたのは運悪くと言うべきかやっぱりと言うべきか、イェリクだった。

マティアスは鏡を見るために入り口付近にいた。そのため、とっさに隠れることなど不可能で、猫耳姿をしっかり見られてしまった。

「え……隊長……それは……？」

イェリクが驚いた顔をして頭を見ながら近づいてくる。

「こ、これは、そのっ」

「また猫耳に？　あれ、でも……」

やはり本物には見えないようで、疑うように注視される。

マティアスはあたふたしてカチューシャを外し、背中に隠した。しっかり見られたあとで隠したところでなんの意味もないのだが。

「カチューシャですか？」

イェリクがふしぎそうに尋ねてくる。

「なんでそんなものをしていたんです？」

また抱いてほしかったから、猫耳カチューシャを買ってみたんです。

近衛連隊最強と呼ばれる自分が、サド隊長と呼ばれるこの自分が、そんなこと、言えるわけがなかった。恥ずかしさに顔を真っ赤にさせて目をそらす。

「べ、べつにいいだろう。きみこそどうしたんだ。こんな時間に」

「筆記用具をとりに戻ったんです。久々の通常業務で忘れてしまって」

「きみは、筆記用具を忘れがちだな」

「そうなんですが、そんなことより隊長。どうして猫耳のカチューシャなんて持っているんですか。どうして焦って隠すんですか」

「だからべつにいいだろう」

イェリクの眉が寄った。

「まさか隊長。そういう趣味が芽生えたんですか?」

「そういう趣味って?」

「猫耳をつけないと落ち着かないとか」

「そんなわけあるか」

「じゃあどうしてですか。あなたが好き好んでそんなものをつけるはずがないと思うんですが。そんなに赤くなって。なにかおかしいです」

「だから、その、も、もらったんだ」

答える義務などないのに、焦るあまり嘘をついてしまった。それも、すぐボロが出そうな嘘だと言ったあとで気づき、さらに焦る。

「もらった? 誰からです?」

「殿下からだ」

「王太子殿下?」

「そうだ。してくるように言われた。もういいだろう」

己の恥ずかしい行動理由を王太子にすべて押しつけたマティアスは、身をひるがえして自分のロッカーへカチューシャをしまおうとした。が、その腕を掴まれた。

「殿下がどうしてあなたにそんなものをくれるんです。どうしてそれを、あなたはしているんです?」

「どうしてどうして、しつこいぞ。なんだっていいだろう」

「よくないです」

なぜかわからないが、いやに真剣な表情で執拗《しつよう》に問いただされる。

「殿下からもらったカチューシャをして、顔を赤くしているなんて……まさか、殿下と……」

「なにが言いたい」

「カチューシャをしていましたね。つまり、それをつけることを受け入れたということは、殿下の気持ちを受け入れたということでは……?」

「おい、なにを考えている。変な誤解をするな。あの方とは友人だ」

「そうでしょうか。第一中隊の同期から、あなたが殿下に口説かれていたという噂を聞きましたが」

なんだそれはと思ったが、たしかに猫騒動のとき彼の部屋で迫られた覚えがあるので、ぎくりとする。

王太子とは先週顔をあわせた。そのときの彼はいつも通りに戻っていたので、相変わらず友人であることに間違いはない。

しかし動揺したのに気づかれたようで、イェリクの目つきが険しくなった。

「やっぱり」

ふいに掴まれた腕を引かれ、肩を背後のロッカーに押しつけられた。

青い瞳が燃えるように睨んでくる。

「殿下と恋をはじめるんですね」

「はあ?」

とんでもない誤解だ。しかも彼は本気の目をして言っている。なにが悲しくて好きな男にそんな誤解を受けなくてはいけないのか。マティアスはぶちぎれた。

「そんなの俺、我慢できません。俺は――」

「ああもう、しつこいし見当違いだし、いいかげんにしろ!」

彼がなにか言ったのと自分が叫んだのが同時で聞いていなかった。肩を押さえる彼の腕を叩き落とし、その横面を張り倒そうとした瞬間、頬を押さえられ、くちづけられた。

——え？

そんな行動に出られるとは思っていなかったから、なにをされているのか、一瞬理解できなかった。

唇は強く押しつけられただけで離れていった。

思わぬ反撃に毒気を抜かれてぽかんとするマティアスに、イェリクが激しく続ける。

「あの方、妻帯者のくせにあちこちに手をだして遊んでいるの、あなただって知らないはずないでしょう！　あなたも遊ばれるのが目に見えてます！　あなたが泣かされるのがわかっているのに、俺、黙っていられません！　そりゃ、俺なんてあなたからしたら性欲処理要員でしかないでしょうけれど、でも、俺、彼よりずっとあなたを想ってます！　愛してます！　もし恋人になってくれるなら一生大事にします！　絶対にあの人には負けないし、俺を選んでよかったって思ってもらえるように努力しますから！　だから、あんな男にもてあそばれに行くなんて、考え直してください！」

「……。え？」

言われた意味をすぐに理解できず、相変わらずぽかんとしていると、強く抱きしめられた。

「お願いします……！　俺、あなたのことが好きなんです。尊敬や憧れ以上の気持ちを抱いているんです……！」

熱っぽく、必死に訴えられる。

「ずっと我慢していたのに、諦めていたのに、あなたを抱けるようになって、気づいてしまって……。もう、あと戻りなんてできないです。あなたを忘れることなんて、できるわけがない……」

イェリクは苦しげに眉を寄せ、マティアスの肩を押すようにして身体をすこし離した。

「ああもう、こんな……気持ちを打ち明けるつもりなんてなかったんです。困らせるの、わかってるんです。だけど、王太子と恋するなんてあなたが言うから。気持ちを抑えられなくなったじゃないですか！」

「……。ちょっと待て」

「待てません！　王太子のところになんか、行かせません！」

「違う」

「なにが違うんですか！　大事に猫耳持ってるくせに！」

マティアスは無表情に、彼の横面をスパァンと張り倒した。

「っ！」

「らしくないな。落ち着け。私は王太子と恋するなんてひと言も言っていない」

「……違うんですか？」

こんなときこそ鞭がほしいと、いま、本気で思った。

サド上官の顔をして、くわっと口を開いて怒鳴る。

「きみは武官だろう、思い込みで話を進めるな！　相手の言うことは疑ってかかれ！　殿下からもらったなんて、嘘に決まっているだろう！　これは自分で買ったんだ！」

「え、どうして……」

叩かれた頰に手をやりながら、イェリクがこちらを見る。その目を睨むようにして言ってやった。

「きみにまた抱かれたいと思ったからだ！　また猫耳が生えたと嘘をついて、抱かれようとしたんだ！」

「……え……？」

今度はイェリクが呆然とする番だった。

「それって……」

「きみ、さっき私を好きだと言った言葉は、本当か」

「っ！　もちろんです」

「そうか。では、今日はもう早退してくれ。私も早退する」

「はい？」

「いまからうちへ来てくれ」

「……」

イェリクが、話についていけないという顔をしている。

「言っている意味はわかるか」

「隊長が、俺に抱かれたいと……。だからいまから家へ戻って、抱きあおうと……そういうことでしょうか」

「そういうことだ」

「……。いま言われていることも、疑ってかかるべきでしょうか」

「そこは信じなさい」

表情は彼を睨みつけたままだ。しかしさすがにもう、顔どころか首まで真っ赤になっているだろう。恥ずかしくて身体が熱い。

そんなマティアスの様子を見て、事態を呑み込めたのだろう、イェリクが急激に顔を赤くし、鼻血をだした。


ふたりそろって早退すると屋敷へ戻り、甥に見つからないようにこっそり二階へあがる。

「隊長」

自室へ入るなり抱きしめられ、唇を重ねられた。

「ん……」

迎え入れるように唇をかるく開くと、すかさず舌が差し込まれ、舌先がふれあう。キスは何度もしているのに、想いが通じあってからのキスはそれまでとはまったく違うように感じられて、急に恥ずかしくなって舌を奥へ引っ込めたら、イェリクのそれが追いかけてきて、誘うように舐められる。おずおずと舌を差しだすと深く絡んできて舌の付け根をくすぐるように愛撫され、気持ちよくて腰が蕩けた。

唾液が混ざりあい、呑み込みきれなかったものが顎を伝ってしたたり落ちる。濃厚なキスを続けながら、上着を脱がされた。

イェリクも上着を脱ぎ、床に落とす。

ベッドまで十歩。

キスをやめたくなくて、ベッドまでの距離が遠く感じる。

「抱きついて……くれますか」

言われて首に腕をまわすと、大腿《だいたい》を掴むようにして抱えられたので、両足を開いて彼の腰に巻きつけた。その格好でキスをしながらベッドへ運ばれる。

ベッドに降ろされると、上にのしかかられた。

そのまましばらくキスを続け、キスだけで達けるんじゃないかと思うほど身体が熱く、頭がぼんやりしてきた頃にようやく唇を離された。

「は……」

熱い息が零れる。舌が甘く痺れていて、呂律《ろれつ》がまわりそうにない。

離れていく男の顔を見つめると、情欲に濡れた瞳で見つめ返された。そのなまめかしい色気に腰が熱くなる。

彼の唇が耳へ移る。

「久しぶりだから……時間かけますね」

低く色っぽい声でささやかれ、耳朶《じだ》を舐められる。舌先を耳の穴に差し込まれ、思わず身体が反応してしまう。

「ん、ぁ……っ」

ブラウスを捲りあげられ、乳首も弄られる。指で両乳首をこねられながら耳を舐められたら身体がびくびくと過敏に震え、甘い声をとめられなくなった。

「隊長、猫耳じゃない普通の耳でも、すごく感じるんですね……」

「う……、や……っ」

彼の一方の手がズボンを下ろすために乳首を離れ、腹を撫で下ろしていく。その感触すら感じ、変な声が出た。

「あ、……イエ……リク……、なん、か……」

どうも、身体がおかしい。

フェロモンの影響があったときよりも身体が敏感に反応している気がする。

「身体……変……、ん……っ」

「ずいぶん、敏感ですよね……」

フェロモンがあったときは性欲が強くなりすぎていて、吐精したい欲求で頭がいっぱいになっていたが、いまはそうではないぶん、肌の感受性が鋭敏になっているのだろうか。

彼の大腿がズボン越しに中心を刺激してくる。すでに硬くなっているそこを押され、声にならない声があがった。

「っ……、や、め……っ」

このまま粗相をしたくはない。自分でベルトを外し、ズボンと下着を下ろした。すると彼が脱がしてくれた。

彼もブラウスとズボン、下着を手早く脱ぎ、素肌をさらす。猛りはすでに腹につくほどそり返っている。

左腕はまだ当て布が巻かれているが、包帯を巻かれていた頃のような痛々しさはなく、普通に動かせている。

久しぶりに彼の身体を目にして、身体が熱くなった。

すぐに覆いかぶさられ、乳首を舐められ、内腿を撫でられる。尻を揉まれ、両足を開かされると、入り口から陰嚢《いんのう》までをねっとりと舐められた。

快感で、身体が勝手にびくびく震える。

呼吸が間にあわなくて荒くなる。身体が熱く、制御が利かない。

「もう、いいから……早く、挿れてくれ……っ」

「でも、久しぶりでしょう。フェロモンの影響もないから、よく慣らさないと」

「いいんだ。今日は、乱暴にされたい」

早くひとつになりたくて、煽るように言った。

「そういうことを……っ」

見事に煽られてくれたようで、彼の瞳に欲情が増し、興奮でその顔が赤くなる。

彼の指が入り口にふれ、なかに入ってきた。とたん、おや、というように彼の眉があがった。

「柔らかい……。二週間、誰にも抱かれてない、ですよね……」

「昨夜、自分で弄ったんだ。きみのことを想いながら」

「っ……」

「だからもう、挿れてくれ。早くきみに、めちゃくちゃにされたいんだ」

「だから……っ、それ以上、煽らないでください……っ。鼻血が出そうですっ」

彼は奥歯を嚙みしめて指を引き抜き、そこへ猛りをあてがった。

脚を折りたたまれ、圧をかけてそこを開かれる。じわりと猛りが突き進むと、入り口の襞《ひだ》が開き、なかの粘膜が広がる。久しぶりの感触に身体が歓喜し、涙が溢れた。

「あ……あ……」

「く……っ、きつ……」

さすがに急ぎすぎたのか、挿入にやや時間がかかった。ふたりとも荒い息遣いをしながら奥深くまで繋がると、自然と腕をまわして抱きあい、唇を重ねた。

身体の奥で、彼の熱い猛りの拍動を感じることがすごく気持ちよかった。幸福感で全身が満ちる。

「ふ……ぁ」

「なか……すごく、熱い……」

「きみのも、ね」

挿入しただけで、ふたりとも汗ばんでいる。

キスのあいまに、イェリクの額に汗が滲んでいるのを見て、指で拭ってやる。

目があって微笑むと、彼が目を見開き、それからなにか堪えるように眉間にしわを寄せ、真剣なまなざしをした。

「隊長……俺の……恋人、と思っていいんですよね」

頬にくちづけながら、そんなことを確認された。

「また身体だけ、じゃないんですよね……」

なにをいまさらと思ったが、そういえば自分は、抱かれたいと伝えたが好きだと伝えていなかったかもしれない。身体だけの関係を求めているのだと思われるのは心外だ。きちんと伝えておきたかった。

「……イェリク。きみに私の秘密を教えてあげよう」

照れ隠しに神妙な顔を作って見つめる。

「秘密？」

「そう。私は男と関係を持ったことはないと以前言ったが、じつは女性ともない。恋愛経験もない。二十九にもなって、きみが初恋だ」

「……」

「ファーストキスもきみだ」

「……」

イェリクはよほど驚いたようで、返事がない。

やや不安になる反応だった。

「……気持ち悪く感じたなら、いますぐ帰ってくれてかまわないが」

「とんでもない！」

ぎゅうっときつく抱きしめられた。

「それ、本当ですか。冗談じゃないですよね」

「私はこんな冗談は言わない」

「キスも……俺だけ……？」

「ああ。私の身体はきみしか知らない」

「そういうこと……でしたか……」

体内にある彼の猛りが、硬く熱くなった。

「……すみません。時間をかけて抱くつもりだったんですけれど、余裕、なくなりました。動きますね……っ」

急に律動がはじまった。言葉通り余裕のない腰遣いで、奥を激しく突かれる。

「あ、あ……っ」

唐突に襲われた快感に身悶え、うわずった声をあげて彼の衝動を受けとめた。

「隊長のなか、吸いついて……すごい、締めつけてきますね……」

「あ……っ、だ、って……っ……っ」

「隊長……好きです……俺の……っ」

彼の色気の滲んだ声が鼓膜を震わせ、それすら甘い快感となって頭を蕩けさせる。抜き差しがいっそう勢いを増し、急激に熱をあげられ、身体が揉みくちゃになるような感覚。

夢中で腕を伸ばし、彼の首にしがみつく。

「好きです……好きだ……隊長……、好きだ……」

熱に浮かされたように繰り返し好きだと訴えられ、胸が熱くなる。つられて衝動的に口を開いた。

「……エ……リク……っ、好き……、だ……っ」

胸の出口を塞いでいた感情を口にしたら、堰《せき》を切ったように気持ちが溢れてとまらなくなった。

「きみが、好きだ……、っ……」

伝えることはないと思っていた言葉を思いがけず口にすることができ、喜びが溢れ、涙が零れた。

流れた涙を彼の舌にすくいとられ、頬に、首にキスをされる。

快感と興奮と幸福感が身体の奥で混じりあい、抜き差しをされている部分が耐えきれなくなり痙攣しはじめる。下腹部も内股も、つま先もひくひくと痙攣し、全身へと広がっていく。激しくなんども奥を突かれ、快感がせりあがってきてやがて頂点へと導かれる。

「――っ！」

目を瞑り、彼にきつくしがみついて己の腹に熱を吐きだすのと、身体の奥に多量の熱を注がれるのが同時だった。これ以上ない快感で頭が真っ白になり、身体が弛緩する。

ふわふわとした心地よさに身をゆだねて脱力し、ほうっと息を吐きながらまぶたを開けると、嬉しそうな顔をしたイェリクと目があった。

熱っぽい彼の瞳が苦手だと以前は思っていたが、いまは、こうして見つめられることに幸せを覚える。

しかし、いきおいで恥ずかしいことをたくさん喋ってしまったことを思いだし、見つめあうのが辛くなった。恥ずかしさに顔が赤くなるのを見られたくなくて、腕を伸ばして彼の頭を引き寄せ、唇を重ねた。

「ん……」

優しく甘いキスに心が蕩ける。

「乱暴にしてよかったのに」

激しくはあったが、優しいセックスだった。

「乱暴になんて、できるわけないでしょう。俺しか知らないなんて言われたら、よけい……」

まぶたにキスを落とされる。

「不満足でしたか」

「いや」

煽ったものの、本当に乱暴にするような男ではないと知っていたし、だからこの男が好きなのだと思う。

「でも、もっとしたい」

「俺もです」

仮眠室での慌ただしい情事とは異なり、いまは気兼ねなくゆっくり抱きあえる。

身体のなかにはまだ彼の猛りが入っている。繋がったまま抱擁し、キスをするのは、この上なく幸せに感じられた。

7

近衛第二中隊副隊長イェリク・サグレアンは今朝もご機嫌で職務にいそしんでいた。

今日は銃剣を使った格闘訓練で、新人兵相手に指導をしている。

新人兵相手に負けない自信はあるが、うっかりやられたりしたら指導隊員としての面子が潰れるので気を抜けない。けっこう必死だ。

一班の相手をし終えてとなりの班へ目をやると、マティアスが新人兵相手に戦っているところだった。

新人兵の荒削りな攻撃を無表情に受けとめ続けている。相手の動きを完全に把握し、冷静に観察しているのが傍《はた》で見ているとよくわかる。ある程度やらせたら、相手の武器を弾《はじ》き飛ばし、腹に蹴りを入れて倒した。

「いきおいはあるが、隙だらけです。とくに左脇が甘い。きみは、次はクリスとやるといいでしょう。いい勝負になる」

クールに助言をする隊長、ああ最高に格好いいです！

誰より美人で格好いいのにベッドではあんなにかわいらしいなんて、どこまで最強なんですか！　今朝は腰が痛いなんてぼやいていたのにそれを感じさせない機敏でしなやかな動き、さすがです！　心配していましたが問題なさそうでなによりです！　ええ、腰痛の原因は昨日俺が無茶な体位をさせたせいですよねもちろん反省しておりますすみません！

「次」

マティアスに呼ばれ、次の新人兵が前へ出て一礼する。銃剣をつきあわせ、攻防がはじまる。いつのまにか周囲の班も動きをとめて観戦していた。

その班の指導を終えると、彼は乱れた前髪を後ろへ撫でつけながらひと息ついた。猫耳がなくなったので、以前のようにオールバックにしている。

仕事中は鋭利な雰囲気とその髪型があっていていいと思う。前髪を下ろしたかわいい姿はベッドのなかで、自分だけはいまでも見せてもらっている。

マティアスがこちらにやってきた。となりに立ち、訓練の様子を眺めながらぼそりと呟く。

「腰が痛い……」

多少怪我をしても弱音など吐かない彼がまた訴えてくるとは非常にめずらしい。しかしたったいままでそれを感じさせない動きをしていた。

ということは、痛みが強いというよりは、昨日のセックスに対する自分への愚痴なのかもしれない。

「だいじょうぶですか」

「あまりだいじょうぶじゃないな」

周囲に人がいないことを確認して、小声で言う。

「すみません。俺のせいですよね。昨日はつい興奮しすぎて力任せに無茶な体位のセックスをグホッ」

ノールックで脇腹を殴られた。

「こんなところで具体的に喋るんじゃない」

「……すみません」

この感じだとしばらくお預けかもしれない。昨日の自分が呪わしい。

無茶な体位に挑戦はしたが、彼に無理をさせたつもりはなかったし、昨日は苦痛を訴えられもしなかった。しかし受け入れる側の彼にとっては負担がかかっていたのかもしれない。誰よりも大事にしたい、そしてこれからもずっとそばにいたい人なのだ。もっと気をつけねばいけない。

落ち込み、改めて猛省していると、マティアスが前を見ながら言った。

「だから……仕事が終わったら、うちに来てマッサージでもしてくれ」

イエリクは驚いて見下ろした。

「今日も伺っていいんですか」

「私の腰が痛いのはきみの責任だ。責任をとってくれと言っているだけだ」

「……」

責任！　責任なんて、もちろんいくらでも喜んでとらせてもらいますとも！　隊長さえよければいますぐ指輪を注文しに行ってきますし婚姻届だって受理されるまで提出し続けます、なんて言ったらまた殴られるので黙っています！

見つめていると、彼の耳がじんわりと赤く色づいてきた。しかめ面で、視線は訓練している新人兵のほうへむけられたままなのだが。

そういうことかとわかって、落ち込んだ気分が浮上する。

かわいいなあ、と思う。

想いが通じてから二週間が経過したが、家に誘われたのは今回を含めてまだ三回。

誘う理由は、昨日は甥が会いたがっているからで、その前はいい酒が入ったからだった。

今回も誘う理由を考えて、腰が痛いと言いだしたのだろうかと思うといじらしくて鼻血が出そうだ。

そんな理由なんてつけず、シンプルに誘ってくれたらいいのにと思う。

愚痴られた理由がわかって余裕が出たイェリクは、ちょっとからかうような口ぶりで言った。

「でもひと言言わせてもらうと、昨日俺が無茶したのは、あなたが俺に結婚話なんて振ったからでもあるんですよ」

昨日、きみはいずれ結婚するんだからなどと、結婚する前提で話されたのだ。

言われたときは、気持ちを信用されていないのかと傷ついた。怒りを滲ませつつ、彼への想いをかなり長い時間訴えた。抱きながら訴え、それから終わったあとも、しつこいほどささやいた。

そしてそのあとよくよく話しあったら、それだけ彼も自分とのつきあいを真剣に考えてくれているのだとわかった。

それによって気づいたが、彼はこちらの立場をずいぶん気にしている。

べつに結婚せずとも、爵位など養子をもらうなり妹に任せるなりどうとでもなるものだと思っているので、こちらはまったく気にしていなかったのに。

昨日のやりとりを思いだしたか、彼の耳がますます赤くなる。頬も赤くなってきた。

「それは、私が悪かった。それから、きみの気持ちを……覚悟を聞けて、嬉しかった」

プライドの高い人だが、意外と素直に自分の気持ちを語る。つきあうようになってから知った、彼のかわいい一面だった。

気づけば、格闘訓練の時間は過ぎていた。

「さあ。みんな終わりましたかね」

マティアスが気持ちを切り替えるように声を張った。次は休憩時刻まで体力錬成だ。

彼は脇に置いてあった道具箱から鞭をとりだした。

そう。鞭だ。彼は銃剣だけでなく鞭まで持つようになったのだ。

「一列に並んでください」

新人兵たちが地面に並び、プランクをはじめる。そこを彼は鞭で地面を叩きながら歩く。

いまのところじっさいに人を鞭打ってはいないが、かなりのインパクトだ。

「きみ、もっと腰を下げなさい」

尻を踏みつける。

「はいっ！」

ホーカンがそばにやってきて、マティアスを眺めながらぼそりと言う。

「やっぱりノリノリだよなあ」

「……ですよね」

「サドはやめるって話はいったいどうなったんだか」

「猫耳以来、隊長の威厳がなくなったと思っているようです。それで、しばらくはハードなスタイルでいこうと考え直したらしいですよ」

「なるほどな。猫耳の次は、先週の親善試合でますますファンが増えたってのに。こりゃあ、また増えるよなあ」

そうなのだ。

先週、近衛連隊の中隊対抗親善試合というものが開催された。そのなかの、不審者捕獲大作戦という種目に、第二中隊からは彼と自分が代表として参加したところ、圧勝したのだ。

隊長ファンとしては誇らしいことだが、これ以上彼にファンが増えるのはちょっと困る。そして試合の最後に王太子から賞金を受けとったのだが、あのときの王太子の彼を見る目つき。あれは危険だ。

フェロモンの匂いはなくなっているし、彼とはそんな仲ではないとマティアスは言うが、あれは絶対に油断してはいけない。

「ったく。しかしまあ、よく似合うぜ。色っぽい尻してやがるよなあ」

となりでホーカンが彼を眺めながら呟いている。

この人も要注意だ。

あの人は強いけれど純粋というか天然というか、ちょっと抜けているところもあると最近気づいた。自分が目を光らせてしっかり守らねばと思う。

想いが通じて二週間。まだはじまったばかりである。最強で最高にかわいい恋人を手に入れて、心配の種が尽きず気が休まる暇もないが、それでも幸せであることに変わりはない。とりあえず今日は、仕事のあとが楽しみだ。色づきはじめたメタセコイアの並木道をふたりで一緒に歩いて帰り、オーケとアーネには菓子でも持っていこう。もちろんマッサージだけでは終わらせない。

そんなことを考えて幸せに浸るイェリクだった。

あとがき

こんにちは。お久しぶりです。

久しぶりにBLを書くことにしたものの、エッチシーンの書き方をすっかり忘れ去っていたので、過去作「ヤクザ、集団感染」を読み返してみました。目を通すのはほぼ七年ぶりなので大まかなあらすじしか覚えておらず、読み返すまですっかり忘れていたシーンがけっこうあって、己の忘却力にびっくりしました。

そんなわけで新鮮な気分で読むことができたのですが、読み終えたら、この話の続きが読みたいなあと思っちゃったんですね。続編じゃなく、ラストの続きが。受けの椿が攻めの剣持に、自宅へ誘うところで話が終わるんです。この続き、どんな感じかなあと。

そういえば当時ペーパーを書いた気がすると思いだし、探しだして読んでみたら、子分視点の、ニーズからずれた話でずっこけました。

ああ、七年前の私、そうじゃないのよ〜。いまは健二の気持ちなんか知りたくないのよ〜、と頭を抱えました。

いまの私がペーパーを書くとしたら、そうですね。ふたりで椿のマンションに入ったら、玄関先でキスして、そのままベッドに行ってエッチして。そして一晩泊まった早朝、ひとりで起きた剣持が、掃除洗濯ゴミだしをする。便利な男と思われればこれからも部屋に呼んでもらえるという魂胆でせっせと世話を焼く。という感じでしょうか。

「ヤクザ〜」を未読の方にはなんのこっちゃという話でしたね。そんな過去作よりこの本の話をすべきだとわかってはいるのですが。七年経過した現在もずれております。すみません。

さてさて。今回は発情期の猫化した上司と、脳内で上司愛が爆発している部下のお話でした。いかがでしたでしょうか。

なんといってもイラストが素敵ですね！

主役ふたりはとっても格好いいし、甥っ子たちが可愛い！　猫や甥っ子も描いていただけると思っていなかったですし、雰囲気のある背景も入れてくださっていて、とても嬉しい……！

自分が書いたお話の登場人物が絵になって現れるという体験も久しぶりで、イラスト初見の日は、興奮してドキドキニヤニヤでした。

鷹丘先生、この場を借りて御礼申し上げます。どうもありがとうございました！

編集担当者様もお世話になりました。

それでは皆様、ここまでおつき合いいただきありがとうございました。またどこかでお会いしましょう！

二〇二一年三月

松雪奈々

松雪奈々先生、鷹丘モトナリ先生へのお便り、
本作品に関するご意見、ご感想などは
〒101-8405
東京都千代田区神田三崎町2-18-11
二見書房　シャレード文庫
「ネコ耳隊長と副隊長」係まで。

本作品は書き下ろしです

CHARADE BUNKO

ネコ耳隊長《みみたいちょう》と副隊長《ふくたいちょう》

2021年6月20日　初版発行

【著者】松雪奈々《まつゆきなな》

【発行所】株式会社二見書房
東京都千代田区神田三崎町2-18-11
電話　03(3515)2311[営業]
　　　03(3515)2314[編集]
振替　00170-4-2639
【印刷】株式会社 堀内印刷所
【製本】株式会社 村上製本所

落丁・乱丁本はお取り替えいたします。
定価は、カバーに表示してあります。

ISBN978-4-576-21075-9

https://charade.futami.co.jp/

CHARADE BUNKO

今すぐ読みたいラブがある!

松雪奈々の本

……ほんと邪魔ですよね、それ

なんか、淫魔が見えちゃってるんですけど

イラスト＝高城たくみ

淫魔にとり憑かれるというふざけた難局を乗り越え恋人同士になった美和と渡瀬のもとにオヤジ妖精がカムバック！ しかも、今度は他の人間にも姿が見える…だと!? またしても男を引きつける身体になってしまった美和。嫉妬と心配で気が気でない渡瀬は、はたして愛する人を守ることができるのか!?

CHARADE BUNKO

今すぐ読みたいラブがある!

高月まつりの本

俺の精気に満足してくれた? もっと欲しいならあげるよ?

本気で不純な生存戦略

～精気吸引はじめました～

イラスト＝八千代ハル

サキュバスの血を引きながら振られてばかりでいまだに童貞の優太郎。このまま30歳までに精気が吸えないと死んでしまうと告げられた! 幼なじみの千の手を借りて精気吸引レッスンを始めることになったが、秘めてきた想いが昂ぶりすぎたのか、優太郎は千との甘くて淫靡な夢を見るようになってしまい…。